잠중록 외전

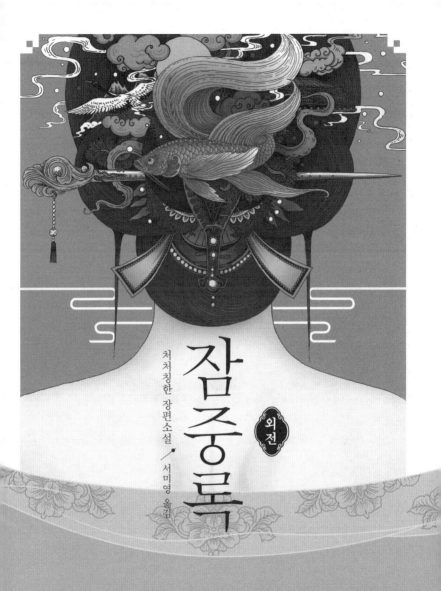

처처칭한 장편소설 / 서미영 옮김

잠중록

외전

arte

주요 등장인물

황재하(양숭고, 양 공공) 촉 지방 형부 시랑의 딸로 가족 독살의 누명을 벗고 큰 산과 같은 기왕 이서백과 혼인을 앞두고 있다. 뛰어난 사건수사 능력으로 미궁에 빠진 많은 사건을 해결하며, 진실을 파헤치는 일에 주저함이 없다. 과거 자신의 정혼자였던 왕온에게 어려움이 닥치자이를 해결하고자 혼례를 미루고 변방 지역 돈황까지 찾아간다.

이서백(기왕) 자신을 향한 불가사의한 음모와 황권 다툼을 해결한 뒤권력의 중심에서 벗어나 황재하와 혼인하여 자유로운 삶을 살기로 마음을 정한다. 한 번 본 것은 결코 잊지 않는 기억력을 가진 치밀한 지략가인 탓에 여전히 조정은 그가 없이 돌아가기 힘들지만, 황재하가 걱정되어 다른 일은 뒤로 한 채 그녀를 위해 돈황으로 달려간다.

왕온(왕 장군) 낭야 왕가의 기둥과 같은 존재이나, 변방 부임을 자청하여 돈황의 충의군 절도사로 가게 된다. 가문을 위해 과거 연모했던 황재하를 마음에서 지웠으나, 여전히 가슴 깊은 곳에 아련한 기억으로 남아 있다. 돈황에 부임한지 3개월 만에 모함을 받아 살인자의 누명을 쓰게 된다.

주자진(주 포두) 촉 지방의 포두로 시체 검시에는 탁월하나 사건을 꿰뚫는 능력은 부족하여, 늘 황재하와 함께 하면서도 항상 한발 늦게 범인을 알아챈다. 양고기 아가씨를 마음에 품고 있어 어느 여인을 봐도마음이 동하지 않는 순정을 갖고 있다.

무라야한나 돈황에서 둘째가라면 서러울 만큼 뛰어난 노래 실력을 가진 호희다. 가슴에 큰 비밀을 품고 사는 그녀는 이 삶을 유지하기 위해서라면 무슨 일이라도 마다하지 않는다.

차례

일러두기

주석은 본문 하단에 각주로 표기했으며,
(작가 주)로 표시된 주석 외에는 모두 옮긴이의 것이다.

1화

백록과 청애

상어 가죽으로 만든 짙은 녹색 칼집의 횡도[1] 한 자루가 흑자색 융단이 깔린 상자 속에 놓여 있었다.

칼을 집어 든 황재하는 왼손으로 칼집을 잡고 오른손으로 손잡이를 천천히 잡아당겼다. 폭이 좁고 기다란 도신 (刀身)이 서서히 모습을 드러냈다.

물결처럼 일렁이는 푸른 섬광이 황재하의 눈을 비추어 순간 동공이 수축되고 속눈썹이 가볍게 떨렸다.

---

1 당나라 때 몸에 차고 다니는 특정 양식의 칼로 당시 군인 대부분이 횡도를 사용.

길이 2척 1촌, 폭 1촌 반의 좁고 길게 뻗은 도신은, 수차례 담금질을 거쳐 탄생한 그윽한 푸른빛 광채로 보는 이의 마음을 사로잡았다. 칼자루 아래로 두 치가량 내려온 곳에 전서[2]로 '청애'라는 두 글자가 새겨져 있었다.

칼을 가로들고 살펴보는 황재하의 바로 뒤에서 이서백이 나지막한 소리로 말했다. "왕온의 칼이 맞군. 왕온의 검(劍)은 백록이라 하고 칼은 청애라 불렀지. 나도 예전에 본 적이 있다."

두 사람 앞에서 칼 상자를 받쳐 들고 있던 장령은 그 말에 울컥했는지, 턱까지 떨며 말했다. "확실히 저희 왕 장군의 칼이 맞습니다. 충의군에서 이 칼을 모르는 사람이 없지요!"

이서백은 황재하의 손에서 횡도를 건네받아 도신을 기울여 들여다보았다. 도신의 홈에 마른 핏자국이 있었다. "자네 장군에게 무슨 일이 생긴 건가?"

"그것이, 말씀드리자면 괴상하기 짝이 없습니다! 돈황 전체에 소문이 일파만파로 퍼졌지만, 그 진상을 추측하는 자는 아직 아무도 없습니다! 소인 곽무덕도 40년 평생에

---

2 전각에 많이 사용하는 서체로 획이 복잡하고 곡선이 많은 것이 특징.

이처럼 기이한 일은 처음입니다!"

황재하와 이서백은 서로 눈을 마주쳤다. 이서백이 횡도를 도로 칼집에 넣으며 곽무덕에게 물었다.

"자세히 말해보게. 자네 장군에게 대체 무슨 일이 있었다는 것인가?"

"저희 장군께서 이 칼로…… 두 사람을 죽였습니다!" 곽무덕이 머뭇거리며 겨우 말을 내뱉었다. 얼굴에는 주저하는 빛이 역력했다. 스스로도 자신의 말을 믿지 못하겠다는 표정이었다. "한데 그 두 사람이 장군의 이 칼에…… 동시에 죽임을 당했다는 겁니다!"

곽무덕의 두서없는 말에 황재하가 미간을 살짝 찡그렸다.

"죽은 두 사람이 누구죠?"

"한 사람은 거안국 사신인데, 저희 사주(沙州) 구 자사와 통상에 관해 상의할 것이 있어서 왔다고 했습니다. 거안이 비록 사막의 약소국이긴 해도 어쨌든 일국의 사신인지라 구 자사께서 그날 밤 자사부에서 주연을 베푸셨습니다. 사신 일행뿐만 아니라 여러 사람을 초대했고, 왕 장군도 초대돼 자리하셨지요. 소관은 그 자리에서 거안이 양국의 우호를 위해 정월 초하루에 장안에 조공을 바치러 오겠다고 하는 얘기도 들었습니다."

이서백이 살짝 고개를 끄덕였다. 황재하가 또 물었다.

"그럼 왕 장군은 거안 사신을 왜 죽였나요?"

곽무덕이 허벅지를 치고 발을 쾅 굴렀다.

"그걸 모르겠다는 겁니다! 그날 밤 왕 장군은 여느 때와 다른 것이 하나도 없었습니다. 더군다나 술도 많이 드시지 않았고요. 주연이 끝난 뒤 말을 타고 군영으로 돌아가는 길에는 저희와 우스갯소리도 나누시고 모든 것이 평소와 똑같았습니다. 한데 도중에 건너편 길에 있던 거안 주사[3]를 보시고는 왕 장군께서 그리로 말을 몰고 다가가 왜 홀로 있느냐고 물었습니다. 거안 주사의 우리말 발음이 이상해 저희는 제대로 알아듣지 못했는데, 길 옆으로 난 작은 골목을 가리키며 초조한 듯 손짓 발짓을 섞어가면서 계속 무어라 말을 했습니다. 그래서 왕 장군께서 등롱을 들고 주사와 함께 골목 안으로 들어가셨지요. 주사가 우리는 밖에서 기다리라고 했습니다."

황재하가 의아한 듯 물었다.

"그렇다고 정말 따라가지 않은 겁니까?"

_____

3 사신단의 수장.

곽무덕은 열일고여덟밖에 되지 않은 듯한 황재하를 쳐다보며 난감한지 턱을 만지작거렸다.

"거긴 막다른 골목입니다. 여인들은 잘 모르겠지만, 저희 남자들은 술을 마시고 소피가 마려우면 종종 막다른 골목으로 깊숙이 들어가, 거기서 해결을⋯⋯."

사실 황재하는 포졸들과 함께 지낸 적이 있어 그 정도 얘기는 대수롭지 않았다. 하지만 이서백 앞에서 그런 얘기를 들으니 어찌된 일인지 난처한 느낌이 들어 얼굴을 살짝 붉히며 고개를 돌렸다.

이서백이 미간을 찌푸리며 화제를 돌렸다.

"골목으로 들어간 뒤 무슨 일이 생긴 것인가?"

"왕 장군께서 거안 주사와 함께 골목으로 들어가신 뒤 저희는 밖에서 계속 기다렸지요. 소피 한번 보는데 시간이 어찌 이리 오래 걸리느냐며 거안 주사가 설사가 났나 보다고 농지거리를 하고 있었습니다. 그런데 갑자기 안에서 거안 사람의 비명이 들리지 않겠습니까. 원래도 알아듣기 어려운 발음에 자지러지는 비명까지 섞이니 한밤중에 정말 등골이 오싹했습니다."

곽무덕은 그날 밤 비명이 생각이라도 난 듯 낯빛이 심하게 일그러졌다. "저희는 무슨 일이 생긴 게 틀림없다 싶어 허겁지겁 말에서 내려 골목 안으로 뛰어 들어갔지요. 한데 그때 왕 장군이 이 '청애'를 들고 빠른 걸음으로 나오지 않겠습니까. 우리가 골목 안으로 들어서는 걸 보고도 모른 체하시며, 순식간에 골목을 빠져나가 훌쩍 말에 올라타셨습니다. 저희는 왕 장군 칼에서 피가 떨어지는 것을 보고 기겁해서 무슨 일이냐고 물었는데, 장군은 아무 대꾸도 하지 않고 단숨에 말을 몰아 어둠 속으로 사라지셨어요. 그 후로는 모습을 보이지 않으셨습니다."

황재하와 이서백은 서로 눈을 맞췄다. 서로의 눈에서 주저하는 빛을 보았다.

두 사람이 아무 말 없자 곽무덕이 이야기를 이어나갔다. "마침 그때 삼경[4] 북소리가 들렸습니다. 이 깊은 밤에 장군께서 칼을 들고 어디를 가시는지, 저희 중 몇 사람도 재빨리 말을 타고 왕 장군을 쫓았더랬지요. 하지만 왕 장군이 타시는 말은 저희 군영에서 최고의 준마입니다. 그런 말이 앞서 출발했으니 어느 누가 따라잡을 수 있겠습니까. 저는 남은 몇 사람과 함께 등롱을 들고 골목 안을 살펴보러 들어갔습니다. 골목 입구서부터 아주 짙은 향이 났는

---

4 밤 11시에서 새벽 1시 사이.

데, 골목 안이 온통 그 향으로 가득하더군요. 저는 속으로 욕을 했습니다. 망할 그 서역 놈들은 향료를 얼마나 좋아하면, 아예 몸을 향료에 푹 담갔다 나온 모양이라고 말입니다. 그때 거안 주사가 바닥에 엎어져 있는 것을 보았습니다. 옆구리 쪽 상처에서 계속해서 피가 흘러내리고 있었습니다. 왜 그쪽 이국 사람들은 금실 은실로 수놓은 옷을 즐겨 입지 않습니까. 그자의 피가 금실과 뒤섞여 등롱 아래서 눈이 부실 정도였습니다."

줄곧 듣고만 있던 황재하가 그제야 물었다. "곽 부장[5]과 동료들이 혹 그 상처를 조사해보셨나요? 어떤 모양이던가요? 횡도에 찔린 상처가 맞던가요?"

곽무덕은 망설이는 표정을 보였다. "그것까지는…… 확실히 보지 못했습니다. 하지만 장군께서 피가 떨어지는 횡도를 들고 나갔으니 틀림없이…… 그 횡도가 입힌 상처 아니겠습니까."

이서백이 턱짓으로 칼 상자를 가리켰다. "자네들 장군이 그 횡도를 가지고 떠났다면서, 이 칼이 어째서 다시 돌아온 건가?"

5 　주장군을 보좌하는 장수.

"그래서 이 사건이 괴이하다는 것입니다!" 곽무덕이 곤혹스러운 듯 얼굴을 잔뜩 찌푸렸다. "이 칼이, 성 밖 저희 군영 옆에 있는 주막집에서 나타났습니다. 경해의 등을 찌른 상태로요……. 에휴, 저도 이걸 한마디로 어떻게 설명을 못 하겠습니다. 아무튼, 결론적으로 당시 장군께서 거안 주사를 죽이고 사라지셨다는 겁니다!"

황재하가 물었다. "당시 거안 주사가 살해당한 걸 발견하고 어떻게 하셨나요?"

"그때 주사는 바닥에 엎드려 있었는데, 그 주위로 피가 흥건하고 몸에 경련이 이는 걸 보니 살 수 없겠더라고요. 서둘러 주사의 몸을 뒤집어 보니, 누르스름한 곱슬머리에 피부는 무서울 정도로 새하얬는데, 그 하얀 얼굴이 마구 베어져서 살점이 모두 벌어져 있었습니다. 캄캄한 밤에 등롱 불빛에 의지해 본 것이라 선명하진 않았지만, 피투성이 얼굴에 누런 머리카락이 덮여 있으니 꼭 악귀를 보는 것 같았습니다." 곽무덕은 그때의 두려움이 아직도 가시지 않은 듯했다. "기왕 전하, 솔직히 말씀드리면 당시 소장이 직접 그 사람 몸을 뒤집었는데, 그 모습을 보고 너무 놀라 순간적으로 손에 힘이 빠졌지요. 그 바람에 그자를 다시 내동댕이쳤지 뭡니까. 소장이 전장을 누비며 별의별 시체를 다 보았지만, 그날 밤 그 막다른 골목에서 본 장면은 정말 기괴하기 짝이 없었습니다. 콧숨을 살피니 미약하게 숨이 붙어 있긴 했지만 아무래도 살 가망이 없겠다 싶었습니다. 그래서 그 몰골을 더는 들여다보고 싶지가 않았습니다."

"당시 골목 안에 그자 외에 다른 사람은 없었는가?"

"없었습니다. 저희 말고는 결코 없었습니다!" 곽무덕이 분명한 근거까지 댔다. "골목 좌우로 돈황에서 유명한 두 부호의 저택이 위치해 있어, 좌우 담벼락이 족히 석 장(丈) 높이는 됩니다. 골목 안쪽 담벼락은 현(縣) 관아의 뜰과 맞닿은 벽으로 부호 저택 담벼락보다 한 자는 더 높습니다. 그러니까 그곳은 삼면이 벽으로 막힌, 입구가 단 하나뿐인 골목입니다. 저희가 처음 등롱을 들고 안을 비춰보았을 때 확실히 확인했습니다. 골목 안에 사람이 숨을 만한 곳은 전혀 없었습니다. 담장도 매끈하고 반듯하게 지어진 터라 사람이 기어오를 수 있는 벽도 아니었고요."

황재하가 머뭇거리며 물었다. "그 말대로라면, 거안 주사를 죽일 수 있었던 사람은 왕 장군밖에 없다는 거네요?"

"그렇다니까요, 에휴!" 곽무덕이 한숨을 내쉬었다. "당시 골목 안에는 장군 말고는 아무도 없었으니 말입니다!"

"그 뒤에는 어떻게 되었나요?"

"저희는 무슨 사정인지는 알지 못했지만, 장군께서 주사를 죽였다면 필시 이유가 있을 거라는 생각을 했습니다. 그래서 주사를 의관으로 데리고 갈지, 아니면 골목에 방치해두고 모르는 일이라고 시치미를 뗄지 저희끼리 상의를 하고 있었습니다. 그런데 뜻밖에도 그때 거안 사신이 골목을 찾아왔습니다."

이서백이 살짝 미소를 지었다. 변방 부대들은 종종 자신의 장군을 최고로 모시고 군주는 뒷전으로 여기는 경우가 많았다. 자신의 장군이 사람을 죽였다고 판단되는 상황이었다. 이국 사신의 참살 사건이 나라에 어떤 결과를 초래할지에 관해서는 관심도 없었을 것이다. 상대가 숨이 끊어지기 직전이었으니 망정이지, 그게 아니었다면 그들이 먼저 달려들어 숨을 끊어놓았을지도 모른다.

"그 거안 사신이 마차를 끌고 와 주사를 데려갔습니다. 처음에는 골목 입구에서 안을 들여다보더니, 급히 뛰어와 주사의 시신을 안고 슬피 울기 시작했지요. 그 사신도 우리말 발음이 이상하긴 했지만 그래도 뭐라고 하는지는 알아들을 수 있었습니다. 구슬피 울면서 누가 자기네 주사를 죽였느냐고 묻더군요. 물론 저희는 말할 수 없었습니다. 그저 이 사람이 당신네 일행이 맞느냐고 물었더니, 사신이 연신 고개를 끄덕이며 그렇다고 대답했습니다. 그들의 주사라고요."

황재하가 살짝 미간을 찡그리며 물었다.

"주사의 얼굴이 모두 훼손됐다고 하지 않았나요?"

"사신 말로는 주사의 어깨에 검푸른 모반이 있다고 했습니다. 그래서 저희가 주사의 옷을 살짝 내려 살펴보니 정말 모반이 하나 있었습니다." 곽무덕이 손을 비비며 당시의 난처했던 상황을 설명했다. "주사는 정신을 잃고 늘어진 상태여서 굉장히 무거웠는데, 사신은 덩치가 크지 않았습니다. 그가 간청하길래 주사를 마차로 옮길 수 있도록 저희가 도왔지요. 아무튼, 그 망할 서역인들은 향을 어찌나 좋아하는지, 주사의 몸에서 풍기던 향이 마차에도 가득했습니다. 향이 코를 찔러서 기침이 절로 나오더군요. 그런데 젠장, 이튿날 아침 저희 군영으로 자사부 사람이 와서 왕 장군을 찾더군요. 지난밤 왕 장군이 거안 주사를 골목으로 데리고 들어가 죽였다고요. 거안 사신에게 듣기로는 주변에 그걸 목격한 주민들도 여럿 있다면서 왕 장군이 직접 나와 해명을 하라고 요구했습니다. 하지만 저희 장군은 그날 밤 말을 타고 사라진 뒤로 다시는 나타나지 않으셨습니다. 젠장, 장군께서 어디로 가셨는지 저희가 어찌 안단 말입니까!"

곽무덕이 흥분하여 거친 말을 쏟아내자 이서백이 살짝 미간을 찌푸리며 곽무덕을 흘끗 쳐다보았다.

이서백의 시선에 곽무덕이 급히 등을 곧추세웠다. 말투도 한결 조심스러워졌다. "한데 자사부 사람이 저희에게 책임을 묻고 있을 때, 군영 근처에 있는 주막집 주인장이 찾아왔습니다. 전날 밤 삼경에 탕천과 경해가 자신의 주막에서 왕 장군의 칼에 찔렸다고요!"

여기까지 말한 곽무덕이 머뭇거리며 말을 멈추자, 황재하가 물었다. "탕천과 경해는 누구죠?"

곽무덕은 그 두 사람을 못마땅하게 여기는지, 싫은 내색을 하면서 이해가 안 간다는 표정을 지었다. "저희 충의군의 두 대정[6]입니다. 부대에 들어온 지 10여 년이나 됐는데 교위(校尉) 자리에도 오르지 못했지요. 평소 훈련은 대충하고, 보급품만 축내며 늘 먹고 마시는 치들이라 서른이 되도록 부인 하나 얻지 못했답니다."

---

6 부대 내 가장 기본이 되는 분대의 장.

교위는 부대 내 관리 중 가장 낮은 직급이라 할 수 있는데, 이처럼 전쟁이 잦은 변방 지역에서 10여 년 군밥을 먹고도 교위에조차 오르지 못했다면 실로 무능한 자들이긴 할 터였다.

"군에 있는 이런 독신 사내들은 평소 훈련하는 것 외에는 온종일 한데 모여서 먹고 마시고 노름이나 하지 않습니까? 경해와 탕천, 그 두 놈도 평소 아주 가깝게 어울려 놀았지요. 그날 밤에도 술을 진탕 마시고 취해서는 거기 주막에 쓰러져 있었다고 합니다. 주인장은 흔히 있는 일이라 늘 그랬던 것처럼 신경도 안 쓰고 그대로 가게 문을 닫고 자러 들어갔다고 하더군요. 그런데 한밤중에 갑자기 가게 쪽에서 탁자와 의자가 엎어지는 소리가 들리더니, '장군, 살려주십시오!' 하고 외치는 소리가 들렸다고 합니다. 주인장은 도둑이 들었나 싶은 마음에 황급히 일어나 가게로 갔는데 빗장이 쪼개져 있고, 가게 안에서 고주망태가 됐던 두 사람은, 하나는 낭자한 피 웅덩이 속에 누워 있고 또 하나는 등에 장도(長刀)가 꽂힌 채 몸부림을 치고 있었답니다. 주인장이 기겁해서 비명을 질렀는데, 마침 주변을 순찰하던 야경꾼이 그 소리를 듣고 뛰어왔다고 합니다. 야경꾼이 막 주막 안으로 들어갈 때 저희 충의군 군영의 삼경 북소리가 울렸다고 했어요."

"그러니까……." 황재하가 읊조리듯 말했다. "그 두 사건이 같은 시간에 일어났다는 거네요?"

"네, 모두 그날 밤 삼경 북소리가 울린 시각이었습니다."

"그럼…… 주막에 있던 두 사람은 모두 죽었나요?"

"경해는 살았고, 탕천은 죽었습니다! 경해는 들것에 실려 돌아왔는데, 경해 말로는 전날 밤 거의 정신을 잃을 만큼 술에 취해 있다가 누군가 문을 부수는 소리를 들었다고 합니다. 놀라서 정신을 차리고 고개를 드니 왕 장군이 칼을 들고 성큼성큼 걸어 들어오더라는 겁니다. 그러고는 탕천을 칼로 찔러 죽이고 경해도 죽이려 했답니다. 경해는 너무 놀라 일어나 도망가려 했는데, 술에 취해 다리에 힘이 빠지는 바람에 몇 걸음만에 장군에게 붙잡혀 등을 찔렸다고 합니다. 경해가 명이 길었는지, 칼이 견갑골을 찔러 장기에서 두세 마디 비켜간 덕에 다행히 목숨은 건졌습니다. 그런데 그 밤에 탕천을 죽이고 경해를 뒤에서 찌른 그 칼이 바로……." 곽무덕이 반신반의하는 표정으로 옆에 있는 칼 상자를 향해 시선을 돌렸다. "이 칼입니다."

황재하가 일어나 탁자 앞으로 가서 상자 속 횡도를 보

며 물었다. "그럼 그날 밤 장군이 골목에서 나올 때 손에 들고 있던 칼도 이 칼이었나요?"

"맞습니다, 이 칼이었습니다! 저희 충의군 군영을 통틀어 이 칼을 모르는 사람은 없을 겁니다. 왕 장군께서 저희 충의군에 오신 첫날, 훈련 중 정신이 해이한 몇 사람을 보고 직접 이 칼로 그들의 철도(鐵刀) 세 자루를 연달아 베어버리셨거든요." 곽무덕이 횡도를 집어 들고 손으로 가리키며 말했다. "푸른 빛이 도는 칼날에, 애자[7] 형상의 코등이, 그리고 손잡이 부분에 감아놓은 사슴 가죽까지, 이 칼을 못 알아볼 수가 없습니다. 특히 애자의 부릅 뜬 눈에는 최고급 홍보석 두 알이 박혀 있지요. 돈황에 파사국[8] 장사치가 많다고는 하나 이 정도로 순도 높은 홍보석은 그들에게서도 쉽게 찾을 수 없을 겁니다!"

이서백은 손잡이 부분의 사슴 가죽을 턱짓하며 물었다. "가죽이 꽤 새것이군."

"왜 안 그렇겠습니까. 지난번 저희가 왕 장군을 따라 사냥을 나갔는데, 그때 경해가 사슴 한 마리를 잡았거든요.

---

7 승냥이 몸에 용 머리를 한 고대 전설 속 신수(神獸).

8 페르시아를 뜻함.

경해 아버지가 사냥꾼이었는데 가죽 무두질 솜씨가 뛰어
났고 경해도 그 솜씨를 물려받았다고 들었어요. 당시 경해
말로는 그 사슴 가죽이 핏줄이 굉장히 좋은 거여서 특별
히 질겨 마모에 강하다고 했습니다. 그걸로 본인과 탕천의
가죽신을 만들고 남은 자투리가 있었는데, 왕 장군의 칼자
루 가죽이 낡은 걸 봤겠죠. 뭐, 장군께 잘 보이고 싶은 마
음이 있었겠지요. 그래서 장군의 칼자루를 새 가죽으로 감
아준 것입니다."

이서백이 손을 뻗어 칼자루를 쥐어보았다. 사슴 가죽이
단단하게 감싼 칼자루는 손에 잡히는 느낌이 매우 좋았다.
황재하는 손잡이를 자세히 살폈다. 가죽 위로 희미하게
붉은 선이 보였다. 조금 전 곽무덕이 언급한 핏줄인 듯싶
었다.

황재하는 고개를 들어 이서백과 눈을 맞추었다. 서로의
눈에서 각자가 품은 의문과 그에 대한 생각을 읽을 수 있
었다.

"그럼 그 골목에서 주막까지는 거리가 어느 정도 되
나요?"

"그 골목은 돈황 한가운데에 있는 것이고, 주막집은 성
밖 군영 근처에 있습니다. 제일 빠른 말을 타고 간다 해도

최소한 일각[9]은 걸립니다." 곽무덕이 단호하게 대답했다.

"일각이라……." 황재하와 이서백은 서로 시선을 교환하며 생각에 잠겼다. 돈황은 사주 관청 소재지로 대당에서 서역으로 통하는 변방의 요충지였다. 성 중심에서 외곽까지 말을 타고 나가는 데 일각의 시간이면 이미 속도를 최대치로 잡은 것이었다.

"그럼 왕 장군은 지금 어디 있단 말입니까?"

"장군이 어디 계신지 도저히 모르겠습니다! 그날 밤 장군이 말을 타고 떠난 후로는 아무도 본 사람이 없습니다. 지금까지 아무 소식도 없고요."

"확실히 기이한 사건이긴 하군." 이서백이 찻잔을 받쳐 들며 곽무덕에게 말했다. "자네는 일단 역참에서 묵고 있게. 외출은 삼가고, 본왕이 사람을 시켜 전갈을 보낼 때까지 기다리게."

"네, 전하." 곽무덕은 바로 일어나 문으로 향했다. 하지만 문을 나가기 직전 참지 못하고 다시 돌아서서 덧붙였다. "기왕 전하, 장군께서 늘 저희에게 말씀하신 것이 있습니다. 충의군은 기왕 전하의 은덕에 깊이 감사해야 한다

---

9 대략 15분.

고 하셨지요. 전하께서 이번 일을 꼭 좀 도와주십시오. 저희 충의군 모든 장병이 감읍해 마지않을 것입니다!"

이서백이 담담하게 답했다. "본왕도 최선을 다하겠네."

곽무덕이 떠난 뒤 황재하는 '청애'를 들고 여러 번 반복해서 꼼꼼히 살펴보았다.

이서백이 황재하 뒤로 다가오더니 횡도를 잡아 도로 상자 안에 내려놓았다. 그러고는 팔을 들어 황재하를 가볍게 안으며 고개를 숙여 황재하의 어깨에 자신의 턱을 올렸다. 이서백이 낮은 소리로 말했다. "내일 궁에서 혼례복을 보낸다지?"

"네." 황재하도 나지막한 목소리로 답했다. 얼굴에 살짝 홍조가 떠올랐다.

두 사람의 혼례가 보름 앞으로 다가왔다. 조야에서 막강한 권세를 가진 황숙 기왕의 왕비를 세우는 일이니 당연히 궁에서도 예물에 무척이나 신경을 썼다.

매일 온갖 정사로 바쁜 이서백이 분주한 중에도 직접 혼례복까지 챙기며 물어보자 황재하는 수줍어 고개를 숙였다. 그리고 손을 들어 자신을 꼭 끌어안은 이서백의 두 팔을 어루만졌다. 그렇게 한동안 이서백의 품에 안겨 있던 황재하가 입을 열었다. "돈황에 한번 다녀오고 싶어요."

"그래."

황재하는 이서백이 그렇게 선선히 승낙할 거라고는 생각지 못했다.

"고마워요, 전하께서……."

황재하가 고맙다는 말을 미처 다 하기도 전에 이서백의 목소리가 다시 들려왔다.

"다음 달에, 나랑 같이."

이제 5월 초이니, 다음 달이 되려면 아직 스무 날 이상이나 기다려야 했다.

황재하는 고개를 숙인 채 이서백 소매에 수놓인 상운(祥雲) 무늬에 시선을 주었다. 한참을 망설이던 황재하가 소심한 목소리로 겨우 입을 열었다. "하지만 조금 걱정이……."

곽무덕이 사건 발생 후 돈황에서 장안까지 오는 동안 이미 여러 날이 지났다. 거기에 다시 한 달을 더 지체한다면 그땐 많은 증거들이 사라질 수 있었다.

"상황이 어떻든, 왕온 공자는 우리 벗이잖아요. 문제가 생겼는데 가만히 앉아서 구경만 할 수는 없어요." 황재하가 작은 소리로 말을 이었다. "왕온 공자는 영문도 모르고 함정에 빠져서 행방조차 묘연한 상황이에요. 저는 조금 걱정이 돼요."

"나는 온지를 믿는다. 죽은 자 중에 이국 사신이 포함되어 있지 않더냐. 대당의 국격을 손상시키는 그런 일을 온지가 했을 리는 없지." 이서백의 목소리가 황재하의 귓가에 낮게 울렸다. "혼례가 끝나면 그때 함께 돈황에 가서 온지 일을 확실히 밝히도록 하지."

황재하는 조금 주저했지만 끝내 고개를 끄덕였다. "알겠어요."

하늘이 저녁노을로 물들었다. 이서백은 할 일이 많았기에, 황재하는 그와 인사를 나눈 뒤 홀로 집으로 향했다.

이서백과의 혼례가 가까워오긴 했으나, 지금은 환관 신분이 아니기에 기왕부에서 지낼 수는 없었다. 집으로 돌아가는 마차 안에서 황재하는 창밖 풍경을 바라보다가, 미궁에 빠진 왕온 사건을 떠올리며 어느새 멍하니 넋을 놓고 있었다.

혼례가 보름 앞으로 다가왔다. 보름의 시간은 길다면 길고 짧다면 짧았다. 감정은 최대한 드러내지 않고 있었으나, 두 사람 사이에 흐르는 긴장과 기대감은 두 사람 다 오롯이 느끼고 있었다. 늘 모든 것을 철두철미하게 계획하고 대비하던 이서백이 그토록 망연하고 긴장한 모습을 보이는 것은 처음이었다. 그런 그를 보면서 황재하도 가슴이 두근거리고 떨렸다. 혼례를 앞두고 기쁜 한편 가벼운 불안감도 느껴져 어쩔 줄을 몰랐다.

노을빛이 길 위를 뒤덮은 시간, 거리에는 행인도 거의 없었다. 황재하는 창에 기댄 채 습관적으로 비녀를 뽑아 창살 위로 가볍게 그림을 그렸다.

새 황제가 등극한 뒤 왕온은 변방으로 부임을 자청했다. 지금의 낭야 왕 가에서 가장 걸출한 인물이었던 그는 종군을 택하여, 관리들의 세상인 장안을 떠나 모래 먼지 가득한 사주에서 충의군 절도사로 대당의 서역길을 지켰다.

그곳으로 떠난 지 3개월도 되지 않아 이토록 기이한 일이 벌어진 것이다. 새로 부임한 절도사가 변방에서 무고한 사람을 마구잡이로 죽였다. 심지어 이국에서 온 사신을 살해했다. 이는 왕온의 성정에 맞지 않는 행동이었다. 황재하도 절대 왕온이 그런 일을 벌였으리라 생각지 않았다.

하지만 혼인을 앞둔 지금, 황재하에게 왕온은 굉장히 애매한 신분이었다. 왕온을 위해 혼례를 미루고 변방으로 달려간다면, 이서백에게는 이를 어떻게 설명할 것이며, 기왕의 대혼례를 준비하고 있는 조정에는 또 어찌 해명한단 말인가.

황재하는 가볍게 한숨을 내쉬었다. 비녀를 잡은 채 멍하니 정신을 팔고 있는데, 갑자기 마차가 덜컹하며 멈춰섰다.

마부 아원백은 마차 모는 솜씨로는 기왕부에서도 손꼽히는 사람이었기에 쉽게 마차를 통제하지 못할 리가 없었다. 황재하는 무슨 일인지 물어보려 가림막을 걷었다가, 대문 앞 길가에 몇 사람이 서서 마차 앞을 가로막은 것을 보았다. 일행의 선두에 선 사람은 왕온의 부친, 상서 왕린이었다.

황재하가 얼굴을 내밀자 그가 공수로 인사했다. "황 낭자, 실례가 많소."

황재하는 급히 치맛자락을 들어 올리고 마차에서 내려 상서 왕린에게 몸을 숙여 예를 갖추었다. "왕 상서를 뵙습니다."

왕린이 즉시 황재하를 일으키며 말했다. "황 낭자, 예를 거두시오. 낭자께 청이 있어 이리 온 것이오."

왕 상서가 찾아온 이유를 황재하가 어찌 모르겠는가.

황재하가 곧장 대답했다. "사실 저도 충의군 사람을 만나고 오는 길입니다. 방금도 그 일을 생각하고 있었습니다."

"황 낭자, 낭자도 온지를 잘 알 것이오. 온지는 절대 그런 짓을 할 사람이 아니오. 분명 어떤 속임수가 있는 것이 틀림없소!" 왕린은 얼굴이 수척했으며, 평소의 점잖던 모습은 사라지고 없었다. 자랑스럽게 여기던 아들이 그토록 큰 사건에 휘말렸으니 애타고 초조한 것은 당연했다. 줄곧 황재하를 좋지 않게 여긴 그였으나, 지금은 만사를 제쳐두고 도움을 청하러 집까지 찾아온 것이다.

하지만 왕린은 황재하를 바라보며 그저 망설이기만 할 뿐, 하고 싶은 말을 쉽게 꺼내지 못했다.

이제 보름 뒤면 기왕과 왕비의 대혼례가 거행된다는 사실은 도성 사람 모두가 알고 있었다.

황재하도 왕린이 우려하는 바를 잘 알았기에 위로하듯 말했다. "마음 놓으십시오, 상서 어르신. 저도 이 사안이 얼마나 중한지 잘 알고 있습니다. 반드시 최선을 다하도록 하겠습니다."

"하지만 황 낭자는……." 왕 상서는 말을 하려다 멈췄다.

황재하가 웃으며 말했다. "사람 목숨이 달린 중대한 일이지 않습니까. 하물며 왕 공자가 당한 일인 것을요. 하루라도 일찍 도착한다면, 그만큼 해결 가능성이 클 것입니다. 모든 일은 그에 상응하는 경중과 완급이 있지 않겠습니까. 제 개인적인 일에 관해서는 제가 잘 안배할 수 있을 것입니다."

"그래서, 어떻게 안배할 생각이지?"

이서백은 다시 돌아온 황재하에게서 왕린이 찾아왔었다는 얘기를 들으며 어두워진 창밖을 응시하고 있었다. 그러다 책상 위 문서들을 그대로 둔 채 몸을 일으켜 황재하의 손을 잡고 정원으로 나가 그렇게 물었다.

때는 5월, 늦봄과 초여름이 교차하는 계절이었다. 정원에 흐드러지게 핀 작약이 달빛 아래서 한층 아름답게 보였다.

황재하는 손을 들어 앞에 보이는 꽃가지를 살짝 어루만지며 주저하듯 입을 열었다. "그러니까 제 생각에…… 가능하다면……."

황재하의 얼굴에 희미한 달빛이 드리웠다. 머뭇거리는 황재하의 표정에 이서백은 자신도 모르게 한숨을 쉬었다. 이서백은 황재하의 손을 잡고 그녀와 함께 정원에 핀 꽃을 바라보며 말했다. "나도 마침 너와 상의할 것이 있었다."

황재하는 고개를 들어 그의 깊은 눈동자에 선명하게 비친 자신을 보았다.

"우리 혼례를 두 달 뒤로 미뤘으면 한다."

황재하가 깜짝 놀라 눈을 휘둥그레 떴다. 본인이 그토록 꺼내기 어려웠던 말을, 이서백이 먼저 제안할 줄은 꿈에도 생각하지 못했다.

"이유는……." 이서백은 잠시 말을 멈추고 고개를 들어 하늘에 뜬 별과 달을 보았다. "최근 천문 현상이 기이하여 흠천관[10]에 가서 혼례를 올리는 것이 괜찮은지 물어봤다. 궁중에서 가장 길한 날을 택해 이미 모든 것을 완벽히 준비했다 하더라도, 천기가 맞지 않으면 무슨 일이든 멈추고 때를 기다려야 하지 않겠느냐."

황재하의 눈가가 촉촉해졌다. 황재하는 이서백의 팔을 가볍게 끌어안으며 그의 어깨에 얼굴을 기대고 낮은 소리로 "네" 하고 짧게 대답했다. 그러고는 다시 읊조리듯 말했다. "전하는 정말 좋은 분이세요……."

"어쨌든 나도 네가 마음에 걱정을 안은 채로 혼례를 올

---

10 천문을 관찰하는 기관.

리게 하고 싶지는 않구나. 우리의 큰 경삿날에 어찌 네가 다른 남자의 생사를 걱정하게 둘 수 있겠어." 이서백은 황재하를 품에 안더니 황재하의 머리카락에 얼굴을 파묻었다. 잠시 그렇게 가만히 숨을 쉬고 나서야 마음이 안정된 듯 말을 이었다. "사주는 먼 서북에 위치한 데다가 현재 어린 군주가 등극한 상황이라, 사주 자사가 조정의 간섭을 받지 않으려 할 수도 있을 게다. 왕온이 충의군 절도사로 사주에 부임해 갈 때도 모든 일에 신중을 기해야 할 거라고 일러주었는데, 힘 센 용도 그 땅에서 나고 자란 뱀은 이기기 어렵다더니 아무래도 왕온이 위기에 빠진 것 같구나."

황재하는 가만히 고개를 끄덕이고는, 이서백의 팔을 살짝 붙잡으며 물었다. "그러니까, 이번 일이 현재 사주의 정세와 관련이 있을 거란 말씀이세요?"

"관련이 있을지 없을지는 네가 가보면 알겠지." 이서백은 황재하를 더 꼭 끌어안고는 고개를 숙여 황재하의 귓가에 대고 낮게 웃으며 말했다. "다녀오거라. 두 달의 시간을 주마. 두 달 안에 이 사건을 해결하지 못한다면 내 그대에게 아주 실망할 것이야, 기왕비 전하."

2화

천상의 노랫소리

서쪽으로 갈수록 중원과는 다른 풍경이 나왔다.

길가에 자란 수목은 갈수록 적어지고, 얼굴을 덮치는 바람에는 모래가 많아졌다. 황재하는 말을 타고 길을 재촉했다. 현지 여인들의 관습을 따라 얼굴에 면사[11]를 둘러 모래바람을 막았다.

새 황제가 등극한 지 얼마 되지 않아, 조정은 많은 부분을 기왕에게 의지하고 있었다. 그러니 현 조정의 기둥 같은 존재인 이서백은 당연히 쉽게 몸을 뺄 수가 없었다. 이

---

11 너울의 일종.

번 거안 주사 살해 사건은 충의군 절도사 왕온과 관련이 있어, 삼법사에서 다양한 직급의 관리 여럿을 차출해 약 스무 명의 조사단을 꾸려 돈황으로 파견했다.

조사단의 수장은 최순잠이었다. 최순잠은 사납기로 유명한 그의 처가 마침 회임을 한 터라 조사단에 차출되고 싶지 않은 마음이 컸는데, 장거리 여정으로 육체적으로도 기력이 다 빠진 상태였다. 사주 경내에 들어오자마자 고열로 꼼짝없이 역참에 드러눕게 되었다. "황 낭자, 아무래도 낭자와 자진이 대신 수고해줘야겠소. 나는 아무래도 안 될 것 같소⋯⋯."

최순잠은 사주 자사가 마련한 주연에도 참석하기 어려워 보였다. 황재하는 걱정 말고 푹 쉬고 있으라고 전한 뒤 자진에게 말했다. "가요. 일단 충의군 군영에 가서 경해라는 사람을 만나보죠."

주자진은 허리를 주무르며 믿을 수 없다는 듯 입을 열었다. "지금 바로? 며칠을 달려오느라 그리 고생했는데, 잠깐 쉬지도 않는단 말이야?"

"왕온 공자는 지금 실종돼서 소식도 없는 상황이에요. 최대한 빨리 조사를 시작하는 게 좋아요. 시간을 끌면 또 다른 변수가 생길 테니까요." 황재하는 그렇게 말하고는 재빨리 방으로 가서 간단히 남장을 하고 나왔다. 그사이 둥근 옷깃의 연두색 상의 위로 다홍색 허리띠를 두른 주자진이 충의군 군영으로 가는 길까지 미리 다 알아놓고, 도구 상자까지 본인의 말 '소이'에 걸어두고 기다리고 있었다.

두 사람은 말에 올라탄 뒤 먼지를 일으키며 역참을 빠져나왔다. 황재하가 주자진을 치켜세웠다. "자진 공자는 정말 하루가 다르게 일취월장하네요."

주자진이 어깨에 힘을 잔뜩 주며 말했다. "당연히 그래야지. 도성을 떠나올 때 널 잘 보살피라고 전하께서 신신당부하셨거든. 전하께서 지금은 너와 함께 있을 시간이 없으니 어쩌겠어."

이서백이 주자진에게 자신을 보살피라 당부했다는 말에 황재하는 절로 미소가 지어졌다. "그러네요. 그럼 자진 공자께 신세 좀 질게요."

충의군은 돈황성 밖으로 20리 정도 떨어진 곳에 주둔하고 있었다. 군영 막사가 질서 있게 늘어서 있고, 그 옆으로는 새로 심긴 버드나무도 보였다. 장병들이 평평한 모랫바닥 위에서 훈련을 하고 있는데, 대열이 제법 질서정연했다.

마침 곽무덕이 훈련장 옆에서 순시를 하고 있다가 황재하가 걸어오는 것을 보았다. 남장을 한 황재하의 모습을 한참 쳐다보던 곽무덕이 뒤늦게야 알아보고는 입을 열었다. "아…… 아니, 그날 기왕부에 있던 그 낭자가 아닙니까? 기왕 전하께서 유능한 수사관을 보낸다고 하셨는데?"

주자진이 곧장 무어라 말을 하려는데 황재하가 자진의 소맷자락을 잡아당기며 웃는 얼굴로 소개했다. "여기 이분은 전 형부상서의 막내 자제, 주자진 공자이십니다. 선황께서 친히 임명하신 촉 지방의 포두이시죠. 도성과 성도 지방에서 여러 기이한 사건을 해결하신 바 있습니다. 그래서 전하께서 제게 자진 공자를 도와 이 사건을 해결하라 이르셨습니다."

주자진은 입꼬리를 실룩샐룩했으나, 황재하가 눈을 흘기자 얌전히 고개를 끄덕였다.

곽무덕은 기대 이상으로 유능한 수사관이 등장해 크게 기뻐하며 차를 대접하려 두 사람을 막사로 청했다. 그때 주자진이 급히 입을 열었다. "아닙니다. 이 사건은 최대한 빨리 수사하는 것이 관건이니, 일단 저희가 경해 대정을 만날 수 있게 안내해주시겠습니까?"

곽무덕은 병사 하나를 불러 군의처(軍醫處)에서 치료 중인 경해에게 두 사람을 안내하라고 일렀다.

경해는 체격이 큰 남자였다. 이목구비가 또렷하고 용모가 매우 단정했다. 마침 사병 둘이 붕대와 약품을 들고 들어왔다. 군의관은 경해의 옷을 풀어 붕대를 조심스럽게 떼어낸 뒤 상처를 깨끗하게 소독했다.

주자진이 가까이 가서 보니, 상처는 가슴과 등을 관통했지만 다행히도 폐엽[12]을 피해 뚫고 들어갔다. '청애'의 도신이 폭이 가는 덕분에 상처 부위는 그리 크지 않았다. 군의관의 솜씨도 꽤 괜찮아 보였다. 앞뒤 상처 모두 성공적으로 아물어 이미 딱지가 앉아 있었다. 끔찍한 일을 겪긴 했으나 확실히 목숨에는 지장이 없어 보였다.

주자진은 앞뒤로 뚫린 상처를 보며 황재하에게 소리를 낮춰 말했다. "범인이 꽤 지독한 사람인 것 같아. 상처를 보니 돌아서서 도망칠 때 뒤에서 찌른 거야. 한 치만 비껴 찔렀어도 목숨이 달아났을걸."

경해가 침대 위에 엎드린 채 가라앉은 목소리로 말했다. "군인으로서 몰래 군영을 빠져나가 술에 만취해 밤새

---

12 허파를 형성하는 부분으로 총 다섯 개의 폐엽으로 나뉜다.

복귀하지 않은 것은 확실히 장군께 처결받을 일입니다. 죽었다 해도 아쉽거나 변명하고 싶은 것은 없습니다."

황재하가 미소 띤 얼굴로 의자를 가져와 경해 앞에 앉았다. "경해 대정, 힘드시겠지만 그날 밤 상황을 좀 얘기해주시겠습니까?"

경해가 황재하를 슬쩍 쳐다보고는 물었다. "뉘시죠?"

"소인은 기왕부 환관 양승고입니다. 기왕 전하의 명을 받고 삼법사를 도와 수사를 하러 왔습니다." 황재하는 그렇게 말하면서 사건을 기록하는 조서를 펼쳐 붓을 들었다. 그러고는 경해에게 이야기를 시작해달라고 눈짓했다.

경해는 짜증스러운 표정으로 입을 열었다. "그날 밤 일은 이미 백번도 더 말했을 겁니다! 탕천과 술에 취해 주막에 쓰러져 자고 있는데 한밤중에 갑자기 무슨 소리가 들렸습니다. 비몽사몽간에 고개를 들어보니 누군가 빗장을 부수고 들어오고 있었습니다. 누구냐고 물으려 했는데 그 사람이 다가오더니 탁자에 엎어져 자고 있던 탕천을 단칼에 찔러버리더군요. 저도 모르게 '왕 장군?'이라고 내뱉었는데 그 사람이 코웃음을 치며 '그래, 나다!'라고 말했습니다. 그러고는 바닥에 쓰러진 탕천의 가슴을 한 번 더 찔렀습니다. 비명을 지르던 탕천의 숨이 끊어지자 탕천의 몸에서 칼을 빼내더니 이번에는 저를 향해 휘둘렀습니다. 저는 기겁해서는 왕 장군께 살려달라 외치며 몸을 돌려 도망쳤습니다. 하지만 술에 취한 까닭에 금세 다리가 풀려서는 몇 걸음 만에 왕 장군에게 따라잡혀 등을 찔렸습니다. 바닥에 고꾸라지면서 이제 죽었다는 생각을 하는데 그때 마침 주인장이 들어오더군요……."

경해는 아직 중상에서 회복되지 않은 상태였다. 거기까지 말하고는 힘이 빠진 듯 가쁘게 숨을 몰아쉬다가 다시 짜증스러운 투로 말을 이었다. "그때 왕 장군이 제 몸에서 칼을 뽑으려 한 것 같았는데, 칼이 흉골에 걸려 순간적으로 뽑히지 않았습니다. 그러자 칼에서 손을 떼더니 곧장 돌아서서 떠났습니다. 당시 저는 아프기도 하고 무섭기도 해서 이내 혼절해버렸고요. 그 뒷일에 대해서는 아마 주막집 주인장이 이미 설명했을 테니 제가 더 이상 말씀드릴 건 없겠네요."

황재하는 자신이 기록한 내용을 훑어보고는 다시 물었다. "당시 때가 삼경이었죠. 그럼 주위가 어둡고 술에 취해 눈도 흐렸을 텐데 주막으로 들어온 사람이 왕 장군인 것은 어떻게 아셨습니까?"

황재하가 따져 묻자, 경해는 언짢은 듯 황재하를 흘겨

보았다. "주막집 바깥에 등롱이 그때까지도 켜져 있었습니다. 장군이 문을 부수고 들어왔으니 열린 문 밖에서 불빛이 들어왔고요. 그리고 장군께서 이곳에 온 지 벌써 두세 달이 지났는데, 장군의 체격이나 평소 칼을 잡는 자세, 목소리, 얼굴…… 뭐, 그 정도도 못 알아보겠습니까?"

경해가 황재하를 노려보자 주자진이 탁자를 치며 버럭 성을 냈다. "양 공공이 좋은 말로 물어보는데, 지금 그게 무슨 태도입니까? 양 공공이 도성에서 어떤 신분인지 알기나 해요? 기왕 전하와 당신네 장군도 양 공공께는 깍듯한 예로 대한다 이 말입니다, 알아듣겠어요!"

경해는 차갑게 콧방귀를 뀌더니 고개를 돌리고 더는 두 사람을 상대하지 않았다.

군의처를 나와서도 주자진은 분이 풀리지 않아 씩씩댔다. "저게 무슨 태도야! 저런 우라질 건달 같은 놈! 조정에서 파견한 관리는 안중에도 없잖아!"

정작 황재하는 아무렇지도 않았다. 두 사람은 곧이어 곽무덕을 찾아가 거안 주사가 살해된 골목에 대해 물었다. 곽무덕이 시원스럽게 말했다. "그럼 따라오십시오. 마침 시간이 있으니 직접 모셔다드리겠습니다."

세 사람은 말을 타고 성중으로 향했다. 사건 현장인 막다른 골목은 돈황에서 가장 번화한 대로 옆에 위치했다.

협소하고 막다른 그 길은 사실 말이 골목이지, 원래는 관아의 쪽문이 있는 곳이었다. 좌우의 부호들이 저택을 지으면서, 관아 사람들이 쪽문으로 계속 출입할 수 있도록 폭 5척 되는 좁은 길을 특별히 남겨둔 것이다. 하지만 오래지 않아 그 골목은 성중 남녀노소의 웃음거리로 전락했는데, 사주부 관아가 부정하고 떳떳하지 못하니 관원들이 죄다 정문이 아닌 쪽문으로 다니는 게 습관이 됐다고 소문이 난 것이다. 자사 구승운이 그 소식에 격노하여 즉시 사람을 불러 쪽문을 봉쇄하고 벽돌을 새로 쌓아 담장을 올리게 했다. 그리고 그 위에 석회까지 발라 아예 그곳에 문이 있었다는 흔적조차 사라지게 만들었다. 하지만 그 소문은 여전히 돈황 백성들 사이에 우스갯소리로 회자되었다.

황재하와 주자진은 골목 안으로 들어가 현장에 남은 흔적을 살펴보았다.

골목이 협소하고 삼면이 높은 벽으로 둘러싸여 있어 정오에도 햇빛이 잘 들지 않았다. 사주는 건조한 지역이지만, 이 골목은 오랫동안 해가 들지 않은 데다 사람들이 버린 쓰레기가 여기 저기 널려 있고 아무렇게나 용변 보는 장소로 쓰인 탓에 습하고 더러웠다.

황재하는 현장 냄새를 맡아보았다. 곽무덕이 그날 밤 이곳을 가득 채웠다고 말한 그 짙은 향은 이미 사라지고 없었다. 그저 곰팡내와 무언가 썩는 냄새만 날 뿐이었다.

주자진은 장갑과 얼굴 가리개를 황재하에게 건넨 뒤 당일의 흔적을 찾기 시작했다. 하필 안타깝게도 며칠 전 사주에서는 보기 드물게 비가 내려, 현장은 난잡하게 어질러져 있을 뿐, 사건의 단서 같은 것은 전혀 찾을 수가 없었다.

곽무덕이 웅크리고 앉아 안쪽 귀퉁이를 가리키며 말했다. "당시 거안 주사가 저쪽 바닥에 엎드려 있었습니다. 누런 머리카락이 마구 헝클어져 있었고, 옷과 머리카락이 온통 피투성이였죠."

주자진은 곽무덕의 손이 가리키는 대로 당시 거안 주사의 자세를 종이에 그려보았다. 황재하가 잠시 생각하다 물었다. "당시 시신은 상처를 살펴보지 못한 채로 거안국 사신이 마차에 싣고 갔다고 하셨죠. 그 뒤 거안 사신 일해의 반응은 어떠했습니까?"

황재하가 잠시 생각하다 다시 물었다. "그럼, 주사의 시신은 지금 어디에 있죠?"

"에휴, 말도 마십시오. 다음 날 거안 사신들이 시신을 들것에 싣고 찾아와 범인을 엄벌에 처하라며 소란을 피우고 난리였습니다. 한데 우리 충의군이 어디 그리 쉽게 당할 사람들입니까? 사병들을 군영 바깥에 도열시켰더니 그걸 보고 놀라서 허겁지겁 도망들 가더군요. 결국 그 겁쟁이 놈들이 사주 자사에게 달려가 고발을 했습니다. 구 자사는 마침 잘됐다 싶었는지, 아주 희희낙락 왕 장군에 대한 탄핵 상소를 그 즉시 조정에 올렸습니다. 저희 군영은 졸지에 대장도 없는 처지가 되어 장병들끼리 서로 논의를 해봤는데, 다들 제게 도성에 계신 기왕 전하를 찾아가보라고 하더군요. 과거에 왕 장군께서 기왕 전하의 수하로 힘을 쓴 적도 있고, 이번 충의군 절도사로 부임할 때도 기왕 전하의 천거를 받고 오지 않았습니까. 제가 생각해도 기왕 전하라면 이 일을 절대 그냥 넘기시진 않을 것 같았지요."

황재하는 천천히 고개를 끄덕이고는 잠시 생각에 잠긴 채 골목 안을 한 번 더 둘러본 뒤 곽무덕에게 감사 인사를 전했다.

곽무덕이 먼저 떠나고 황재하와 주자진은 골목에 남아 삼면으로 높게 솟은 담벼락을 올려다보았다. 아무리 봐도

3장 높이의 벽을 뛰어넘을 수 있는 사람은 없을 것 같았다. 더군다나 관아에서 석회를 바른 지 얼마 되지 않은 듯, 깨끗한 담장에는 발을 디딘 흔적 같은 것도 전혀 보이지 않았다.

새하얗게 칠을 한 벽면은 담장이 서로 만나는 모서리 부분에만 얇은 틈이 남아 있었다.

황재하는 그 틈으로 가까이 다가가 살펴보았다. 기술공의 솜씨가 별로였는지, 벽이 맞닿은 모서리 부분에 얇고 기다란 빈틈이 보였다. 대략 손가락 두세 마디 정도의 너비였다.

황재하는 빈틈 사이를 손가락으로 살짝 쓸어보며 이러한 틈이 어떻게 생겨난 것인지 생각했다.

어느새 가까이 다가온 주자진이 말했다. "여기가 관아 담벼락이고, 여긴 부호의 담벼락이잖아. 민간 담벼락이 어찌 감히 관아의 담벼락과 붙을 수 있겠어? 그러니 이렇게 틈을 남겨놓은 거지. 하지만 손바닥도 통과 못 할 이런 틈에 범인이 몸을 숨겼을 리는 없겠지."

황재하는 고개를 끄덕인 뒤 이번에는 바닥을 살펴보기 시작했다.

"곽 장군 말처럼 이 골목은 한눈에 다 보여서 범인이 숨을 만한 곳은 없어. 설마 여기 이 쓰레기들 밑에 몸을 숨긴 것도 아닐 테니 말이야." 바닥에 널린 쓰레기를 발로 차며 주자진이 말했다. "쥐새끼 한 마리도 몸을 숨기긴 어렵겠어."

"범인의 행동에는 다 이유가 있기 마련이에요." 황재하는 조서를 다시 한 번 훑어보았다. "예를 들면, 거안 주사를 죽일 때, 범인은 주사의 얼굴을 왜 그렇게 난도질했을까요? 그게 의문스러워요."

"그러게. 왕온 형님이 그렇게 괴상한 짓을 할 리가 없어. 그건 절대 왕 장군의 수법이 아니야." 주자진이 확신에 차서 말을 이었다. "상대 목을 깔끔하게 베어버렸으면 몰라도."

"그래서 경해와 탕천 사건도 의심스러운 구석이 많아요." 황재하가 미간을 찡그리며 말했다. "일단 문에 빗장이 채워져 있었는데, 왕 장군은 그 두 사람이 술에 취해 주막에 뻗어 있다는 건 어떻게 알았을까요? 또 왜 문을 부수고 들어가 그들을 죽였을까요? 충의군 절도사로서 밤새 군영으로 복귀하지 않은 장병들을 직접 처결하는 것이 보기 좋은 모습은 아니지만, 그렇다고 부당한 일도 아닌데, 주막 주인장이 들어왔을 때 왜 도망치듯 그곳을 떠났을까요? 자신의 칼을 가져갈 새도 없이."

주자진이 잠시 머뭇거리다 입을 뗐다. "제일 의심스러운 부분은 왕 장군이 어떻게 같은 시각에 성 안과 밖, 다른 두 곳에 동시에 나타나 각기 같은 칼로 사람을 죽였느냐는 거야."

황재하가 고개를 내저었다. "제가 생각할 때 제일 의심스러운 부분은, 대체 누가 이 두 사건이 동시에 발생하도록 계책을 짰으며, 그 의도가 무엇이냐는 거예요."

주자진이 놀란 표정으로 물었다. "그럼 너는 이 두 사건 중 하나는 누군가 왕 장군으로 변장해 벌인 일이라고 생각하는 거야?"

"아니요. 두 사건 다 누군가가 왕 장군으로 변장해 저지른 일이에요." 황재하가 깔끔하게 결론을 내렸다.

주자진의 입이 떠억 벌어졌다. "확실해?"

"거의 확실해요." 황재하가 얼굴 가리개를 풀고 장갑도 벗어 주자진에게 건넸다. "살인 수법은 범인의 성격과 떼려야 뗄 수 없는 관계에 있어요. 자진 공자도 조금 전 절대 왕 장군의 수법이 아니라고 말했잖아요."

"그러니까 지금 누군가 왕 장군을 함정에 빠뜨렸다는 거지?" 주자진은 세차게 고개를 끄덕이며 황재하를 따라 골목 밖으로 나왔다. "그럼 왜 두 사건을 동시에 일으킨

걸까? 그리고 왕 형은 지금 대체 어디에……."

주자진의 말이 채 끝나기도 전에 골목 입구에 팔자 눈썹을 늘어뜨린 사람이 나타나 생글생글 웃으며 두 사람을 향해 예를 갖추었다. "두 분 나리, 소인은 구 자사의 가복[13]이온데, 두 분을 한참이나 찾아다녔습니다. 구 자사께서 두 분을 자사부 연회에 청하셨습니다. 도성에서 오신 귀한 분들을 위해 환영연을 베푼다 하십니다."

"환영연? 그런 건 별로 가고 싶지 않은데." 주자진이 입을 삐죽거렸다. "나는 그런 술자리가 제일 싫더라. 술 상대가 되어주는 것도 모자라 웃음까지 팔아야 하니, 원."

황재하는 팔꿈치로 주자진을 가볍게 치며 아무 말 말라고 눈치를 주고는 팔자 눈썹의 남자에게 웃으며 말했다. "자사께서 초대하셨는데 가지 않으면 결례이지요. 지금 바로 가겠습니다."

구 자사의 가복이 앞에서 길을 안내했고, 주자진과 황재하가 말을 타고 뒤따랐다. 주자진이 믿을 수 없다는 듯 물었다. "숭고, 너는 그런 노인네들이랑 술 마시는 게 좋아?"

앞에 가는 팔자 눈썹의 가복을 주시하며 황재하가 한껏

---

13 집에서 부리는 하인.

소리를 낮췄다. "여기로 출발하기 전에 지금 사주의 상황에 대해 전하께서 설명을 좀 해주셨어요. 왕 장군이 충의군을 맡게 되자, 충의군을 겸임으로 다스리고 있던 사주자사의 권력을 왕 장군이 뺏어 간 형세가 되었다고요."

주자진이 경악한 표정으로 황재하 쪽으로 몸을 기울여 조용히 물었다. "그러니까 숭고 네 말은, 구 자사가 이 일의 배후일 가능성이 크다는 거야?"

황재하가 조용히 하라는 뜻으로 검지를 입에 갖다 대며 말했다. "그런지 아닌지는, 가서 만나봐야 알 수 있지 않겠어요?"

관아 대청을 돌아 이중으로 된 담장을 통과하니 자사부 화원이 나왔다.

자사부는 꽤 고아한 정취가 있었다. 계수나무가 울창한 작은 언덕 아래로 푸른 물결이 넘실거리는 연못이 있고, 연못가에 심긴 버드나무 가지가 물 위로 들쑥날쑥 솟은 연잎들 위로 살랑살랑 스쳤다. 강남(江南)의 운치를 그대로 옮겨놓은 듯했다.

구승운은 마침 최순잠과 인사를 나누고 있었다. 아까만 해도 침상에 드러누워 일어날 기운도 없어 보이던 최순잠이 억지로 기운을 차려 의자에 몸을 기대고 앉아 있었다. 구승운과 대화를 나누고 있었지만, 두 눈은 옆에서 분주히 움직이는 무희들에게 시종일관 고정돼 있었다.

주자진이 황재하를 향해 눈빛으로 말했다. '사나운 부인이랑 잠시 떨어져 있더니, 최 소경도 간이 부었나 봐.' 황재하도 어이가 없다는 듯 고개를 절레절레 흔들었다. 두 사람은 최순잠 곁으로 가서 그들에게 예를 갖춰 인사했다.

"여기는 촉 지방의 포두 주자진, 그리고 기왕 전하의 측근 환관 양 공공입니다." 최순잠은 최대한 여운 없이 간략하게 소개하고 끝냈다. 그의 시선은 여전히 무희들 사이를 오가고 있었다. "한데 구 자사, 저기서 누가 그 유명한 간우 낭자입니까?"

구승운은 대략 쉰 살가량 되어 보였는데 후덕한 얼굴에 눈썹이 아래로 처져 있어 꽤 인자한 인상이었다. 구 자사가 주자진에게 슬쩍 웃어 보인 뒤 최순잠의 물음에 답했다. "간우 낭자가 이곳 서북에서 명성이 자자하긴 하나, 지금은 옥성반(玉成班)을 세워 반주[14]로 지내고 있지요. 나이가 들어가니 요즘에는 좀처럼 얼굴을 드러내지 않는

---

14 가무단의 단장.

답니다. 다만 간우 낭자의 제자가 지금 내실에 있습니다. 오늘 밤 귀한 손님들을 위해 노래를 들려드릴 겁니다. 봉황 새끼의 소리가 늙은 봉황의 소리보다 맑다는 말을 진정 체험할 수 있을 겁니다. 이곳 돈황에서 일이 등을 다투는 노래꾼으로 사람들의 감탄이 자자하지요."

한창 대화 중에 있는데 뒤쪽 내실에서 가볍게 아판[15] 두드리는 소리와 공후[16] 소리가 울리기 시작했다. 그리고 악기 소리를 따라 은은한 여인의 목소리가 함께 실려 왔다. 여인이 부르는 곡은 「춘강화월야(春江花月夜)」였다. 높은 가락을 길게 빼는 여인의 노랫소리는 공후 소리보다 더 부드럽게 주위를 공명시켰다. 구성진 목소리가 마치 산봉우리를 감싼 안개처럼 아득하기도 했고, 멀리서부터 바람이 실어 오는 꽃향기처럼 애틋하기도 했으며, 구름 사이의 신기루처럼 변화무쌍하기도 했다. 그렇게 노랫소리는 신비로운 감상을 자아내며 한참 동안 계속되었다.

노래가 끝난 뒤에도 사람을 홀리는 선계의 소리처럼 여인의 노랫소리가 여전히 귓가를 맴돌았다. 대청 안팎으로

---

15 상아로 만든 타악기.

16 비파와 유사한 모양의 고대 현악기.

한동안 정적이 흘렀다.

한참이 지나서야 구승운이 박수로 침묵을 깼다. 그가 웃으며 물었다. "최 소경, 어떻습니까?"

"참으로 천상의 소리입니다!" 최순잠은 저도 모르게 뒤편 내실 쪽으로 고개를 돌려 두리번거렸다. 대체 어떻게 생긴 사람이기에 그런 노래를 하는 것인지 궁금했다.

황재하도 순간 자신의 방문 의도를 잊은 채 내실 안에서 사뿐사뿐 걸어 나오는 형체를 뚫어져라 응시했다.

휘장이 걷히는 순간 눈앞이 환해지더니, 모두의 입에서 낮은 탄성이 터져 나왔다.

부드럽고 맑은 음색의 주인공은 뜻밖에도 이국의 미인이었다. 살짝 곱슬거리는 연갈색 머리카락이 허리까지 내려왔고, 머리카락을 따라 금구슬, 은방울 장식이 흘러내렸다. 그 덕에 눈동자와 하얀 이가 유독 더 빛나 보였다.

여인은 피부가 몹시 하얬고, 화장도 짙었다. 입술은 새빨갛고, 가느다란 속눈썹은 무척 길었다. 활짝 핀 파사국의 장미처럼 사람을 취하게 하는 기운이 있어 절로 감탄을 자아냈다.

이국의 미인은 함박 미소를 지으며 앞으로 나와 구 자사에게 예를 갖추었다. 그리고 구 자사의 소개로 최순잠에게도 가까이 다가가 거의 품에 기대다시피 친밀한 인사를 나누었다. 애석하게도 지금 최순잠은 정신이 맑지 못한 데다 병으로 몸까지 시들한 상태였고, 이국 여인은 중원 여인보다 한층 다부진 골격을 갖고 있었다. 어떻게 연출해도 연약한 여인이 든든한 어깨에 기댄 듯한 그림은 나오지 않았다.

이국 여인은 흥미가 떨어졌는지 황재하에게로 시선을 돌렸다. 그러고는 의미심장한 미소를 짓더니 일어나 피백[17]을 살짝 걷어 올리며 황재하 앞으로 다가갔다. "여기 계신 귀빈은 제가 어찌 호칭하면 되겠는지요?"

주자진은 그제야 이국 여인이 입은 것이 얇게 비치는 비단옷이라는 사실을 발견했다. 가느다란 팔다리가 얇은 비단천 속에서 희미하게 비쳐 보였다. 주자진은 저도 모르게 얼굴을 붉히며 속으로 계속해서 되뇌었다. '양고기 아가씨, 양고기 아가씨…….' 하지만 여전히 참지 못하고 시선이 그쪽으로 향해, 드러나 보이는 팔과 다리를 몇 번이나 훔쳐보았다. 주자진이 지금까지 본 몸뚱이들은 모두 죽은 사람의 것이었다. 산 사람의 것은 아직 한 번도 본 적이

---

17 장식용으로 두르는 어깨걸이.

없었다.

황재하는 이국의 여인이 왜 젊고 준수한 주자진이 아닌 자신에게 다가와 말을 거는지 의아했다. 물론 주자진의 의상이 좀 그렇긴 해도 말이다.

여인은 황재하가 눈썹만 치켜세우고 아무 대답도 하지 않자, 웃으며 황재하의 팔을 끌어안고는 바짝 다가와 귓가에 대고 속삭였다. "걱정하지 마요. 이 언니가 다른 사람한테는 절대 말하지 않을 테니까."

황재하가 여자인 것을 눈치챈 것이다. 황재하는 자신도 모르게 실소를 터트리며 입을 열었다. "양승고라 부르십시오."

"양승고…… 어디선가 들어본 이름 같은데?" 여인은 자신의 구불구불한 머리카락을 손가락으로 휘감으며 혀를 굴려 발음하기 어려운 소리를 냈다. "저는 무라야하나라고 해요. 발음할 수 있겠어요?"

황재하가 미소 띤 얼굴로 물었다. "어디에서 오신 분인지요? 이렇게 발음이 좋은 이국인은 처음 만나네요."

여인은 계속해서 하얀 손가락으로 연갈색 머리카락을 배배 꼬며 방만한 자세로 말했다. "사막에 위치한 조그만 나라라 언급할 만한 것도 못 됩니다. 전란이 있어 동쪽으로 피난을 오면서 이곳 대당에 머물게 되었지요. 저희 스승님께서 인재를 보는 혜안이 있어서 제 목청이 좋은 것을 알아보셨어요. 키울 만한 재목이라며 성심을 다해 노래를 가르쳐주셨지요. 이제 3년이 조금 넘었네요. 제 노래는 마음에 드셨나요?"

여인의 천진난만한 말에 황재하는 저도 모르게 살짝 미소를 지었다. "정말 잘 부르시더군요. 천상의 소리였습니다."

"저희 스승님이 더 훌륭하시죠. 스승님의 젊은 시절 노래를 들어보지 못한 것이 참으로 애석합니다. 하지만 지금이라도 스승님 노래를 들을 수 있는 것이 얼마나 다행인지 몰라요. 이 정도 행운이면 세상에 한번 다녀가는 것도 의미 있지 않겠어요?" 여인이 환하게 웃으며 말했다. 그러면서 손가락으로는 계속해서 구불구불한 머리카락을 가지고 놀았다. 아마도 대다수의 남자들이 여인의 이러한 자태를 좋아할 터였다. 여인은 습관적으로 황재하를 향해 얼굴을 들이밀었다. 자신의 행동이 같은 여인인 황재하에게는 아무 소용 없다는 걸 알면서도 전혀 개의치 않았다.

"무라야한나." 건너편에서 구승운이 부르자 여인은 환한 미소로 대답한 뒤, 황재하를 향해 눈을 깜빡여 보이고는 향기로운 바람과 가벼운 웃음소리를 남긴 채 몸을 돌려 자리를 떠났다.

주자진이 황재하 곁으로 다가와 미인의 뒷모습을 바라보며 낮은 소리로 말했다. "아니야, 아니야. 아무리 예뻐도 역시 대당 여인만 못해."

"왜요? 저 정도면 꽤 미인 아닌가요?"

"다들 호희[18]는 멀리서 봐야지 가까이서 보면 안 된다고 하더니만, 참으로 맞는 말이었어. 팔이랑 다리에 난 솜털 못 봤어? 털이 그렇게 촘촘하고 많은데 다 비치는 옷을 입다니. 어디 한구석이라도 우리 양고기 아가씨처럼 피부가 보드랍고 부용꽃처럼 그렇게……."

황재하는 더 들어줄 수가 없어 급히 말을 돌렸다. "일단 구 자사한테 가서 대화를 좀 해보죠. 단서를 찾을 수 있을지도 모르니."

수완 좋은 이국의 미인이 중간에서 접대를 하니 대청 분위기가 화기애애했다. 황재하가 다가가도 구승운은 특별히 신경 쓰지 않았으나, 눈치 빠른 최순잠은 황재하의 눈빛을 보자마자 어색하게 왕온 사건으로 말을 돌렸다.

---

18 주점에서 시중드는 페르시아계 여성.

"구 자사, 이번에 우리가 돈황에 온 것은 왕 장군이 거안 사신을 살해했다는 사건을 조사하기 위해서입니다. 구 자사께서 잘 좀 도와주십시오."

"그야 당연한 말씀을요. 사주를 책임진 장관으로서 이쪽의 모든 일은 제가 다 잘 안배해놓겠습니다." 그렇게 말한 구 자사는 이내 고개를 저으며 한숨을 쉬었다. "에휴, 사실 저도 탄핵 상소까지 올리고 싶지는 않았습니다만, 실로 너무 충격적인 일이 아닙니까. 왕 장군이 거안 주사를 죽이기만 한 것이면 모를까, 그 수법이 너무나 잔인했습니다. 사람 얼굴을 난잡하게 다 베어놓았으니까요. 결국 거안 사람이 곡하는 여인을 찾아 주사의 찢어진 얼굴을 봉합시켰다고 합니다. 그 상처를 다 봉합하는 데 시간이 한참 걸렸다고 하더이다."

무리가 혀를 차며 놀라고 있을 때 황재하가 물었다. "거안 사람은 그 시신이 거안 주사가 맞다고 확신하였는지요?"

"봉합 후에 우리 관아에서도 포졸 몇을 보내 얼굴을 확인했는데 거안 주사가 확실했소. 얼굴이 심하게 베인 것을 봉합한 상태이긴 했으나 그렇다고 이목구비가 크게 달라지는 건 아니지 않소. 그리고 몸에 모반이 있고, 어릴 때

들개에게 물린 흉터가 발에 있다고 했는데 틀림없었소."

"휴……." 옆에서 과장된 숨소리가 전해져 왔다. 무라야
한나가 입을 가린 채 말했다. "에이, 오늘같이 좋은 날에
어찌 그런 얘기를 하십니까? 귀빈 여러분, 연회석이 이미
준비되었으니 어서 자리에 드시지요!"

다들 주안상 앞으로 자리를 옮겨 앉았다. 최순잠과 구
승운이 상석에 자리했고, 황재하의 술상은 주자진과 나
란히 마련돼 있었다. 옆에서 무라야한나가 정성스레 술
을 따라주었다. 특히 황재하를 유난히 챙기자 주자진이
귀엣말로 물었다. "숭고, 호희가 널 마음에 들어 하는 거
아니야?"

"어…… 아닐 거예요." 황재하가 살짝 고개를 돌려 쳐
다보자, 그 시선을 느낀 무라야한나가 황재하를 향해 왼쪽
눈을 찡긋했다. 그리고 특별히 더 요염한 미소를 지어 보
였다.

3화

타향에서 만난 옛 벗

　달이 동편 산 위로 떠올랐다. 연회는 여전히 파할 줄 모르고 떠들썩했다. 병이 난 몸으로 더는 버티기 힘들었던 최순잠이 구승운에게 실례를 구했다. 구승운은 서둘러 사람을 시켜 최순잠을 바래다주게 했다.

　황재하 곁을 지나던 최순잠은 그녀가 곧 이서백의 왕비가 될 사람임을 떠올렸다. 행여 그녀가 이곳에서 술에 취했다는 소식을 기왕이 알기라도 했다가는 큰 사달이 벌어질지도 몰랐다. 그래서 황급히 황재하에게 손짓하며 말했다. "양 공공도 지금 저와 같이 가는 것이 어떻겠습니까."

　황재하는 바로 일어나 최순잠을 따라나섰다. 대문에 다

다랐을 즈음 뒤에서 은방울 소리가 울렸다. 무라야한나가 따라온 것이다. 사주의 5월 밤 날씨는 아직 서늘한 기운이 남아 있었다. 무라야한나는 얇게 비친 옷 위로 걸친 어깨걸이를 여며 잡고 황재하를 향해 웃으며 말했다. "양 공공, 조금 더 머물다 가시지요. 제게 마차가 있으니 이따가 가는 길에 모셔다드리겠습니다. 아니면…… 저희 집에 가서 잠시 앉았다 가시겠어요?"

말에 올라타던 황재하는 고개를 들어 높이 뜬 달을 바라보며 말했다. "날이 많이 늦어서 곤란할 듯합니다."

"그럼 양 공공 거처로 제가 가는 것도 좋겠네요." 무라야한나는 웃으며 눈썹 끝을 치켜올렸다. 술기운에 눈가가 붉어져 한층 더 요염해 보였다. "반 시진 후에 저를 위해 빗장을 열어두세요, 아셨지요?"

최순잠은 말 위에 엎드린 채 무라야한나가 황재하를 유혹하는 걸 지켜보다가 참지 못하고 얼굴을 일그러뜨렸다. "무라…… 뭐, 뭐라더라. 여하튼 여기 이 사람이 누군 줄 알고 그러는 것이오? 이쪽은 기왕부 사람이란 말이오."

"누구인 건 중요치 않아요. 중요한 건, 제게 빗장을 꼭 열어주셔야 한다는 거예요!" 무라야한나는 두 사람에게 미소를 지어 보인 뒤 몸을 돌려 안으로 들어갔다.

황재하와 최순잠은 말 위에서 서로를 쳐다보며 눈만 끔뻑였다.

역참으로 돌아와 반 시진이 지난 시각, 과연 황재하의 방문을 두드리는 이가 있었다.

황재하는 어쩔 수 없이 일어나 문틈으로 바깥을 살펴보았다.

문밖에 선 사람은 무라야한나가 아니라 소박한 차림의 두 여인이었다. 손에 들린 등롱이 그들의 고운 자태를 비춰주고 있었다.

두 사람 중 비교적 키가 크고 늘씬한 여인을 보았다. 문 앞에 꼼짝도 않고 서 있었으나, 바람에 흔들리는 듯한 버들의 자태와 두둥실 떠다니는 구름 같은 기품이 예전 그대로였다.

황재하는 순간 너무 놀라 짧은 감탄을 내뱉으며 서둘러 문을 열고 여인을 향해 고개를 숙여 예를 갖췄다. "공손 부인, 정말 오랜만입니다. 야심한 시간에 어찌 여기까지 오셨습니까?"

문밖에 서 있던 두 여인 중 한 사람은 바로 공손연이었다. 황재하는 그들을 방으로 안내해준 역참 관리에게 고마

움을 표한 뒤 두 여인을 안으로 들였다.

공손연은 함께 온 여인을 소개했다. 그녀보다 키가 머리 반 정도가 작았다. "이쪽은 우리 자매들 중 다섯째 간우라고 해요. 목소리로 이름을 날려 당시 양주에서는 천하의 음색이라 불렸지요."

간우가 황재하를 향해 웃으며 예를 갖추었다. "황 낭자의 명성은 익히 들었습니다. 오늘 이렇게 실물을 뵙게 되니 참으로 영광입니다."

용모는 매만치보다 못하고, 자태는 공손연에 비할 바가 아니었지만, 간우가 입을 여는 순간 황재하는 금세 마음을 빼앗겼다.

'목소리가 어쩜 이렇게 듣기 좋을까.' 가볍게 몇 마디 한 것뿐인데, 소리가 귓속으로 미끄러져 들어오는 것이 마치 신선의 음률 같기도 하여 사람의 마음을 극도로 편안하게 해주었다.

조금 전 무라야한나의 노래에 감탄했던 황재하는 과연 간우의 노랫소리는 어떨지 궁금해졌다.

'무라야한나는 인간이 낼 수 있는 최고의 목소리라고 정평이 나 있으니, 간우는 아예 신선의 소리라 말할 수 있으려나.'

황재하는 두 사람에게 자리를 권한 뒤 차를 따라 가져 오고서야, 공손연에게 물었다. "촉에서의 일로 유배형을 받으셨다 들었는데, 설마 유배지가 여기였던 것입니까?"

　"네. 다 황 낭자 덕분이지요." 공손연이 찻잔을 들고 웃는 듯 마는 듯한 얼굴로 황재하를 응시했다.

　황재하도 공손연을 향해 살짝 웃어 보이고는 평소와 다름없는 표정으로 말했다. "법은 물처럼 공평히 흐르는 것이니, 공손 부인께서 엄청난 재능을 가진 분이라 할지라도 부인께만 물이 흐르지 않게 할 수는 없으니까요."

　"어머, 원래도 이렇게 말씀을 잘하셨나." 공손연이 웃으며 말했다. "솔직히 처음에는 황 낭자를 원망했어요. 하지만 마음이 가라앉고 찬찬히 돌이켜보니, 우리 여섯째의 억울함을 황 낭자가 씻어주었더군요. 아원을 배신한 남자의 악독함을 천하에 드러내줬으니 말입니다. 분명 아원도 저승에서 소식을 듣고 기뻐했을 거라 믿어요."

　간우가 온화하게 웃으며 말했다. "큰언니, 언니가 돈황에 온 게 그리 나쁜 것만은 아니잖아요. 우리 둘이서 같이 옥성반도 운영할 수 있게 됐으니까. 서역으로 통하는 관문으로 가무가 번성하니, 분명 우리 일도 더욱 번창할 거예요."

"말이 그렇지, 유배지에 있는 신분으로 교방에서 한 발짝도 벗어나지 못하는데 무얼 더 할 수 있겠어. 밖에 나가 민간 가무를 탐방하고 싶어도 마음대로 운신할 수가 없으니 말이다." 거기까지 얘기가 나온 뒤에야 공손연은 오늘 황재하를 찾아온 이유를 꺼냈다. "황 낭자, 혹 이곳 주부[19]에 내 사정 좀 대신 얘기해줄 수 없을까요?"

황재하는 잠시 생각하고는 난처한 듯 입을 열었다. "유배로 이곳에 계신 것이라, 자유롭게 움직이는 건 아마도 어려울 거예요."

"기왕 전하께도 전혀 방법이 없을까요?" 공손연이 황재하에게 바짝 다가가 소리를 낮추고 웃으며 말했다. "왕 장군께 변고가 생겨 돈황이 아주 떠들썩했습니다. 다들 틀림없이 조정에서 유능한 인물을 보내 사건을 조사할 거라고 말하더군요. 저는 기왕 전하께서 왕 장군과 잘 아는 사이시니 필시 이 일도 좌시하진 않을 거라 생각했습니다. 그래서 무라야한나를 시켜 도성 사람이 오면 꼭 주의하여 보라고 했지요. 한데 뜻밖에도 황 낭자가 오셨더군요."

"왕 장군은 저와도 잘 아는 사이라 전하께서 다녀오도

---

19   주(州)의 행정구획 혹은 해당 관청.

록 허락해주셨어요. 한데 부인께서는 어떤 연유로 도성 사
람을 기다리셨는지요? 왕 장군 사건과 관련된 일인가요?"

"솔직히 말씀드릴게요. 저희 자매가 사건 조사에 실마
리가 될 만한 것을 알게 됐거든요. 만약 그것으로 공을 세
워 제 죄를 조금이라도 덜 수 있다면, 제게 약간의 자유라
도 허락해주십사 전하께 자비를 구할 요량이었습니다."

"부인께서 이 사건에 대한 실마리를 제공해주실 수 있
다면 그보다 더 좋은 일이 어디 있겠습니까!" 황재하가 기
뻐하며 말을 이었다. "정말 도움이 되는 단서라면 전하께
서도 분명 그에 대한 보상을 해주실 거예요."

"듣기로 황 낭자가 곧 기왕 전하와 혼례를 올린다고 하
던데, 그럼 황 낭자의 승낙도 확실히 믿을 만한 담보가 되
겠네요." 공손연이 간우와 눈을 맞추며 미소 지었다. "사
실 이 단서는 간우가 발견한 겁니다."

간우가 흥미진진한 어조로 말을 이었다. "저도 확실한
증거가 있는 건 아닌데, 다만 며칠 전에 거안 사신이 절 찾
아왔습니다. 거안에서 성대한 제전(祭典)이 있을 것인데,
제게 그곳에 와서 노래를 불러달라고 했어요. 원래는 수락
하려 했는데 다른 언니가 제게 거안 제전에 가본 경험이
있다고 얘기해주더군요. 거안 사람들은 아직 야만적인 문

화가 남아 있어서 제전을 드릴 때 종종 산사람을 제물로
바쳐 그 주변이 온통 피바다가 된다는 겁니다. 당시 거안
이 한 차례 대승을 거둔 때였는데, 일렬로 늘어놓은 포로
들을 모조리 제물로 바쳤다지 뭡니까. 그래서 제가 기지를
발휘해 거안 사신에게 말했습니다. 저는 피 공포증이 있어
피만 보면 혼절한다고요. 물론 사람 피에만 혼절을 하지
만, 제전 중에 혹 소나 양을 도살하는 거라면 제게서 멀리
떨어져 있어야 한다고 했습니다. 그랬더니 거안 사신이 난
색을 표하며 더는 제게 청하지 않았습니다."

"그러고 보니, 최근 거안국이 어디서 전쟁을 했다는 소
문은 듣지 못했네요." 황재하가 잠시 생각하다 물었다.
"그러니까 간우 낭자 말씀은, 이번 제전이 죽은 거안 주사
를 위해 올리는 제사라 의심된다는 거죠?"

"맞아요. 만약 거안 주사를 위한 제전이라면, 그 범인이
제물로 바쳐질 가능성이 가장 크겠죠. 듣자 하니 왕 장군의
행방이 묘연해서 지금까지도 행적을 찾지 못하고 있다죠?"

황재하는 섬뜩한 생각에 모골이 송연해졌다. 간우의
말은 제법 일리가 있었다. "그러게요, 정말 그럴 수 있겠
어요."

공손연은 황재하의 표정을 보고는 살짝 웃으며 입을 열

었다. "그래서 저와 간우가 이 야심한 시간에 여기까지 찾아온 겁니다. 황 낭자께 빨리 알려서 시기를 놓치는 일은 없게 하려고 말이에요."

"그리고 또 하나, 저희 옥성반이 초청을 받아 내일 아침 일찍 거안으로 출발할 겁니다. 꼭 가야 하는 일정이에요. 저야 핑계만 대면 빠질 수 있는데, 다른 자매들은 그러기 어렵거든요." 간우가 가느다란 손가락으로 턱을 괴더니 불빛 아래서 황재하를 향해 눈을 찡긋거렸다. "황 낭자가 거안에 가고 싶다면, 제가 옥성반 인원으로 자리를 하나 내어드리죠. 혹 가무나 악기 중에 할 줄 아는 것이 있을까요?"

황재하가 고개를 절레절레 흔들었다. "말씀드리기 부끄럽지만, 어릴 때부터 워낙 여인의 일은 배우지를 않아서…… 가무도 할 줄 아는 것이 없습니다."

"아판 정도는 할 수 있겠죠. 일정한 박자만 유지해서 가볍게 치면 되는 것이니. 제 생각에 거안 같은 나라에 음률과 춤을 제대로 이해하는 사람은 없을 듯하니, 박자 조금 못 맞춘다고 특별히 눈치채는 사람은 없을 거예요."

다음 날, 날이 밝자마자 황재하는 주자진을 데리고 서

쪽 성문으로 향했다.

옥성반 인솔자 아종에게 당부의 말을 건네던 간우는 두 사람이 도착한 것을 보고 가까이 오라고 손짓했다. 그리고 지난밤 상의한 대로 아종에게 말했다. "여기 두 사람은 아하 낭자와 주가 동생이야. 아하 낭자는 소운 대신 가는 거고, 주가는 잔심부름을 해줄 게야. 시킬 일이 있으면 알아서 안배하면 돼."

아종이 알겠다고 대답하자 간우는 두 사람을 데리고 다니며 다른 사람들에게도 소개해주었다. 반주가 특별히 나서서 두 사람을 보살피자 생각이 있는 사람들은 금세 웃는 얼굴로 두 사람을 환영해주었다.

거안 쪽에서 그들을 위해 낙타 대상(隊商)을 보내왔다. 무리는 짐 상자를 챙겨 묶은 뒤 낙타 등에 올라타 서역 길을 나섰다.

낙타가 몸집이 크고 등에 육봉까지 있어 거안 사람들은 낙타 좌우로 의자를 달아놓았다. 그래서 두 사람이 동시에 앉아 갈 수 있었다. 황재하는 다른 여인과 함께 비교적 키가 작은 낙타에 나란히 올라탔다. 일행은 양관[20]을 나와

---

20 돈황 서남쪽에 위치한 관문.

서쪽으로 향했다.

눈앞에 모래언덕이 끝도 없이 길게 이어졌다. 간혹 한두 그루 호양 나무[21]가 이리저리 몸을 비틀며 자라나 있었고, 드물게 풀포기들이 모래와 자갈 안쪽에 숨어 있거나 삐죽 머리를 내밀기도 했다.

황재하도 처음에는 광활한 사막의 정취를 흥미롭게 감상했다. 하지만 정오가 가까워지자 두립과 면사로도 사방에서 쏟아지는 햇살을 막기 어려워 괴로워졌다. 짙푸른 하늘은 눈이 부셨고, 열기와 건조한 기운이 콧속을 따갑게 해 숨 쉬는 것조차 힘들었다.

옆에 앉은 소녀는 황재하가 코를 막고 힘든 표정을 하자, 두꺼운 무명천 하나를 꺼내 건넸다. "태양에 몸이 건조해져서 그래요. 어찌 준비를 하나도 안 해 왔어요?"

황재하는 고맙다는 인사를 하고 무명천을 받아 얼굴을 가린 뒤 겸연쩍어하며 말했다. "사주에는 처음 와본 터라 사막이 이런 곳인지 잘 몰랐어요."

"이건 사막도 아니에요. 여긴 그래도 드문드문 풀포기가 보이잖아요." 소녀가 상냥하게 말했다. "이번 여정은

---

21 사막에서 자라는 백양나무의 일종.

그리 멀지 않을 거예요. 하루 반만 더 가면 거안에 도착해요. 거기는 강줄기가 지나는 지역이라 가서 목욕도 할 수 있어요."

황재하는 눈만 빼꼼히 내밀고 앞뒤로 사람들을 훑어보며 소녀에게 물었다. "반주는 그렇다 해도, 무라야한나는 왜 안 온 거죠?"

소녀가 웃으며 말했다. "무라요? 워낙에 몸이 허약해서요. 어젯밤 자사부에서 돌아오더니 술 먹고 바람을 쐰 탓에 한기가 들어 머리가 아프다고 야단이더라고요. 제가 밤새 머리를 문질러줬는데, 오늘 아침에는 구토와 설사까지 하더군요. 그러니 어찌 올 수 있었겠어요?"

"그럼 무라야한나를 대신할 사람이 있나요?"

"걱정 마세요. 거안 사람은 우리 대당을 동경하긴 하지만 사실 그렇게 깊이 이해하는 건 아니라서, 편하게 몇 곡 부르는 식으로 때우면 될 거예요." 소녀는 나이가 어렸음에도 입을 삐죽이며 세상 물정에 밝은 얼굴을 했다. "다만 제전에서 너무 많은 피를 보진 않았으면 좋겠어요. 휴, 오가는 길도 이렇게 고생인데, 돈을 많이 주는 것만 아니면 다음에는 정말 안 올 거예요."

이튿날, 일행은 태양이 곧 모래언덕 서편으로 넘어갈 즈음 드디어 거안에 도착했다.

모래언덕이 마침내 끝을 보이며 띄엄띄엄 풀이 자라난 거대한 광야가 나타났다. 광야 가운데로 작은 하천이 흘렀는데, 거안성은 바로 이곳 광야에 자리하고 있었다. 하천은 성 서쪽에서 들어와 성 동쪽으로 흘러나갔고, 광야 끝에서는 사막을 만나 지하 하천으로 바뀌었다.

"거안 전체가 이 하천 하나에 의지해 살고 있어. 하천이 사라지면 거안도 없어지겠지." 그들의 인솔자 아종이 말했다.

황재하와 주자진도 다른 이들과 마찬가지로 감탄할 새도 없이 곧장 하천으로 뛰어가 물을 얼굴에 끼얹었다. 물주머니에 마실 물이 아직 남아 있긴 했지만 망망한 사막 언덕을 지나오니 마시는 걸로는 부족해 당장이라도 물속에 뛰어들고 싶은 마음뿐이었다.

그들을 맞으러 나온 무리는 중년 부인들이었다. 그중한 사람이 그리 능숙하지 못한 당나라 말로 그들을 성안으로 인도했다. 사막 한가운데 있는 성이라 건물 벽은 모두 흙을 다져서 세우고 창문과 문은 최소한의 크기로 냈는데, 건물 안으로 들어서는 순간 서늘한 기운이 훅 덮쳐

왔다.

일행은 음료를 마시며 잠시 쉬는 시간을 가졌다. 거안 부인들이 떠난 뒤 황재하는 창문 너머로 주변에 사람이 없는 것을 확인하고는 잽싸게 문 쪽으로 다가가 주자진에게 나가자는 신호를 보냈다.

주자진과 황재하는 길을 더듬어 밖으로 나가 건물 뒤편 거리까지 가보았다.

거리는 사람이 거의 없어 한산했으나 성벽 아래 한구석에서 와자지껄한 소리가 들렸다. 뭔가를 준비하고 있는 듯했다.

주자진이 발소리를 죽이고 조심스럽게 앞서 걸었고 황재하는 뒤를 따르며 주위의 움직임에 귀를 기울였다. 성벽가까이까지 접근해서 보니, 한 무리의 사람들이 나무로 된 틀을 설치하고 있었다. 나무틀 위로 오래된 흑갈색 핏자국이 가득한 걸로 보아 단두대인 듯했다.

주자진이 긴장된 표정으로 고개를 돌려 소리를 낮춰 말했다. "와, 간우 낭자의 말이 진짜였어! 정말 제전에서 사람을 죽일 건가 봐!"

황재하는 단두대 건너편에 무대가 있는 것을 보면서 눈썹을 찌푸렸다. "정말인가 봐요. 한쪽에서는 사람을 죽이고 한쪽에서는 가무를 하고."

"정말 야만적이고 무시무시하네⋯⋯." 주자진이 나지막이 중얼거렸다. "설마 저기서 왕 형의 목이 잘리는 걸 보면서 연주까지 해야 되는 거야?"

"제물이 왕온 공자일지는 아직 확실치 않아요. 일단 찾고 나서 얘기해요." 황재하는 그렇게 말하면서 거리를 이리저리 살펴보았다. 감옥으로 사용될 만한 곳을 찾고 있었다.

단두대와 직통으로 연결되는 대로 한편에 눈에 들어오는 게 있었다. 반듯하고 질서정연한 길 뒤쪽으로 뜬금없이 낮은 토담집 하나가 성벽과 접해 있었다. 두꺼운 성벽 아래 붙어 있어 도무지 어울리지 않는 조합이었다.

황재하는 주자진에게 손짓하며 토담집으로 향했다.

입구에 지키는 사람이 있었다. 두 사람은 굳이 말하지 않아도 손발이 척척 맞았다. 먼저 주자진이 주위를 두리번거리며 어슬렁어슬렁 골목 밖으로 나갔다. 뭔가 꿍꿍이라도 있는 듯 꽤나 수상해 보이는 몸짓이었다.

과연 수비병이 주자진을 주시하더니 큰 소리로 뭐라고 외쳤다.

주자진은 무슨 말인지 전혀 알아듣지 못해 그저 당황한

표정으로 고개를 갸우뚱거리며 역시 상대가 알아듣지 못할 말로 횡설수설했다.

수비병이 주자진과 실랑이하는 사이 황재하는 토담을 붙잡고 최대한 높이 몸을 끌어올려 창틀에 붙은 채 안을 들여다보았다.

이미 날은 어둡고 안에 등불 같은 것도 없어서 어두컴컴했지만, 한쪽 구석 벽에 기댄 채 반쯤 누워 있는 사람의 모습이 보였다. 맥없이 고개를 아래로 늘어뜨리고 어지럽게 헝클어진 머리가 얼굴을 가리고 있어 생김새는 확인할 수가 없었다.

하지만 황재하는 알 수 없는 어떤 예감이 들었다. 저 사람은 이런 감옥에 갇혀 있을 사람이 아니라고, 봄바람에 흩날리는 버드나무를 손에 잡고 미소 띤 얼굴로 가볍게 옛시 한 구절을 읊조리는 게 어울릴 사람이라고. '옛날 나 떠나올 때는, 수양버들 흩날리더니······.'[22]

그때 주자진의 목소리가 들렸다. "아, 알겠어요, 알겠다니까요. 울리울라 아카카, 갑니다, 가. 이제 됐습니까?"

황재하는 주자진이 더 이상 시간을 끌 수 없음을 깨닫

---

22   군인이 첫 출정을 회상하며 지친 마음을 표현한 시.

고 즉시 담벼락에서 내려와 좁은 골목으로 다시 뛰어 들어갔다.

두 사람은 왔던 길을 되짚어 처음 있던 건물로 돌아갔다. 아종이 두 사람을 보자마자 밀전병과 양고기를 가져다주었다. "어서 드세요. 내일이 바로 제전이니 체력을 잘 회복해야 해요."

두 사람은 다른 사람 이들이 먹는 것을 보며 그대로 따라서 손을 씻고 양고기와 순무채를 전병에 싸서 입에 넣었다. "맛이 꽤 괜찮은데? 숭고, 여기 하나 더 먹어." 황재하에게 전병 하나를 건네며 주자진이 낮은 소리로 물었다. "왕 형 맞아?"

황재하는 말없이 고개를 끄덕인 뒤 주자진의 손에서 전병을 받아 천천히 입에 넣었다.

"그럼 이제 어떡해? 내일 적당한 기회를 봐서 움직여? 놈들이 왕 형을 끌고 나올 때 낚아채서 도망치는 건 어때?"

"그건 안 될 것 같아요." 황재하가 미세하게 고개를 내저으며 소리를 낮췄다. "이런 큰 제전에서 왕 장군을 제물로 바치려 한다면, 그건 아마도 제전에서 가장 중요한 순서가 될 거예요. 많은 사람이 지켜보는 가운데 왕 장군을 낚아채는 건 불가능해요."

주자진이 전병을 먹으며 고개를 끄덕였다. "그럼……
오늘 밤?"

"밤에는 성문이 닫히잖아요. 왕 장군을 감옥에서 빼낸
다 해도 숨어 있을 곳이 없어요." 황재하가 미간을 모으며
잠시 생각하더니 다시 입을 열었다. "내일 아침으로 해요.
틀림없이 한 번은 감옥 문이 열릴 거예요."

"마지막 한 끼야. 먹고 나면 황천길 가야지."

감옥 문이 열리자 빛이 쏟아져 들어오면서 누군가의 모
습이 보였다.

왕온은 천천히 고개를 들었다. 이 좁은 감옥 안에 벌써
열흘 넘게 갇혀 있었다. 열악한 환경과 극도의 통증이 끊
임없이 몸을 괴롭혀 계속해서 어지럽고 혼미한 상태였다.

하지만 드디어 당나라 말을 할 줄 아는 사람을 만난 것
이다. 그래서 가까스로 입을 열었다. "여기가 어디오? 마
지막 한 끼라니, 그게 무슨 말이오?"

"곧 죽을 사람이 쓸데없이 뭘 물어!"

상대는 식판을 내려놓으며 차갑게 비웃고는 곧장 돌아
섰다.

왕온은 바닥에 놓인 식판은 아랑곳하지 않고 힘겹게 몸

을 일으켜 그 사람을 붙잡으려 했다.

하지만 몸을 일으키자마자 복부 상처에서 극심한 통증이 느껴져 다시 바닥에 고꾸라졌다. 곧이어 이상한 일이 벌어졌다. 자신에게 밥을 가져다준 사람이 갑자기 힘없이 바닥에 쓰러지는 것이 아닌가.

왕온은 흐릿한 눈을 크게 떴다. 손에 몽둥이를 든 가녀린 형체가 감옥 안으로 쏟아드는 햇살 속에 서 있었다.

그 형체가 자신을 향해 걸어왔다. 비스듬히 들어오는 태양빛이 그녀를 흰 빛으로 감싼 듯 보였다. 왕온은 자신이 죽음에 임박해 환상을 보고 있는 거라고 생각했다.

더는 버티기 힘들다고 느낀 그 순간, 가슴 깊이 가장 보고 싶었던 사람이 자신을 맞으러 온 것이다.

왕온이 망연한 얼굴로 그녀를 향해 손을 뻗었다. "재하……."

그런데 환영이라 생각했던 여인이 자신의 손을 꼭 붙잡고 온힘을 다해 부축하며 황급히 물었다. "괜찮아요?"

왕온은 눈앞의 여인을 또렷이 보고자 눈을 크게 떠보았으나, 끝내 눈이 감기며 다시 의식을 잃었다.

"내가 할게." 주자진이 불쑥 황재하 뒤에서 나타나 왕온을 등에 업었다. 왕온은 상처가 위중해 애초에 도망갈 힘

조차 없었기에 거안인들은 그를 가두면서 쇠사슬 같은 것
도 채워놓지 않았다. 덕분에 두 사람은 수월하게 왕온을
빼낼 수 있었다.

황재하는 주자진을 보호하며 그들이 쓰러뜨린 간수를
뛰어넘은 뒤 문을 닫고 급히 밖으로 나갔다. 바깥에는 훔
쳐 온 말 두 필이 매어져 있었다.

주자진은 왕온을 말 등에 올린 뒤 자신도 올라탔다.

황재하도 다른 말에 올라탔다. 둘은 동시에 발을 차며
급히 성 밖으로 내달렸다.

거안은 사막 내에 위치한 작은 성이었기에 달리 길이
없었다. 두 사람은 대로를 통해 곧장 성문으로 질주했다.
사람들은 무슨 일인지 영문도 모른 채 그저 두 사람이 빠
른 속도로 달려오자 거친 욕을 내뱉으며 피하기 급급했다.

성문을 지키던 수비병들은 그들이 성문을 빠져나가고
서야 뿌옇게 날리는 먼지를 바라보며 서로에게 물었다.
"무슨 급한 일이 있는 건가?"

족히 차 한 잔 마실 만큼의 시간이 흐른 뒤에야 감옥 문
에 자물쇠가 채워져 있지 않다는 것을 누군가 발견했다.
문을 열어보니, 식사를 배송하던 사람과 간수가 바닥에 쓰
러져 있었다.

황재하와 주자진은 이미 멀리 달아난 뒤였다.

다만 고요한 사막 위로 그들의 말발굽 자국이 고스란히 남았다. 황혼 무렵, 두 사람을 뒤쫓는 무리의 소리가 들려왔다. 황재하가 급히 돌아보니 거안 전사들이 손에 활을 쥔 채 말을 달려 쫓아오고 있었다. 핏빛 석양 아래 희미하게 보이던 그들의 모습이 금세 또렷해질 정도로, 그들은 빠른 속도로 다가왔다.

모래언덕만 끝없이 펼쳐진 사막에서는 모든 것이 한눈에 들어왔다. 다시 한 시진은 더 쉬지 않고 달려야, 버려진 봉수대에 도착해 몸을 숨길 수 있을 터였다. 하지만 두 사람은 이미 뒤쫓아 온 거안 병사들의 사정권에 들어가 있었다.

"숭고, 우리 이제 어떡해, 망했어!" 주자진은 정신없이 말을 몰면서 크게 소리쳤다.

황재하는 입술을 질끈 깨물며 주자진 뒤에 바짝 붙어 달렸다. 빠른 속도로 귓가를 스치는 바람 소리가 들렸다. 황재하는 곁눈으로 점점 가까워지는 거안 병사들을 보았다. 거안인은 말 타는 실력이 뛰어났으며 민첩하고 용맹했다. 반면 황재하와 주자진은 훔쳐 온 말을 타고 있었기에 짧은 시간에 완벽하게 제어하기는 어려웠다. 얼마 지나지 않아 거안 병사들의 말발굽 소리가 바로 뒤에 있는 것처럼 가까이 들리기 시작했다.

화를 피하기는 어려울 것 같았다.

뒤에서 연거푸 획획 소리가 들려왔다. 화살들이 귓가를 스치더니, 눈앞 모랫바닥 속으로 깊숙이 내리 꽂혔다.

거리낄 것 없는 듯한 저들의 웃음소리에 황재하는 고양이에게 놀아나는 쥐가 된 기분이었다. 저들은 두 사람이 자기들의 손아귀에서 벗어날 수 없다는 걸 알면서도, 일부러 죽을힘을 다해 달아나도록 내버려두고 있었다. 도망치는 자들의 처절한 모습을 즐기고 있는 것이다.

황재하는 주자진이 탄 말 위에 쓰러져 있는 왕온을 절망스럽게 바라보았다. 왕온은 여전히 혼절한 상태로 낯빛이 창백했다. 숨을 쉬고 있는지조차 알 수 없었다.

스스로를 너무 높게 평가한 것이다. 황재하는 자신이 이런 일에 재능이 없다는 사실을 잊고 용감하기만 했다는 생각이 들었다. 낯선 사막 한가운데서 누군가를 구하겠다는 것이 말처럼 그리 쉬운 일이겠는가.

주자진도 이제는 저들에게서 벗어날 방도가 없다는 것을 확실히 느꼈다. 이왕 허사로 끝날 일이라면 포기하는 편이 낫겠다는 생각이 들었다. 주자진이 황재하에게 포기하자는 눈빛을 보내며 크게 소리쳤다. "숭고, 그냥 투항하는 게 어때? 어차피…… 어차피 우리는 대당 백성이니까 감히 죽이지는 못할 거야!"

"그럼 왕 장군은 어떡해요?" 황재하는 계속해서 전속력으로 달렸다.

주자진은 순간 말문이 막혀 그저 눈을 질끈 감고 앞으로 질주하며 소리쳤다. "하늘도 무심하시지, 제발 좀 도와주십시오. 사막에서 죽고 싶지는 않단 말입니다! 돌아가면 제를 올리고 향도 백 근이나 피워 올리겠으니 제발……."

그 순간 주자진의 외침이 하늘에 닿기라도 한 듯, 뒤에서 폭우처럼 달려오던 말발굽 소리가 갑자기 어지럽게 흔들리기 시작했다. 말이 고꾸라지는 소리에 병사들의 비명과 욕설이 함께 들려왔다.

질끈 눈을 감고 앞으로 질주하던 두 사람은 순간 눈을 휘둥그레 뜨고 뒤를 돌아보았다.

모래언덕 뒤로 언제 나타난 것인지 웬 기마병들이 거안 병사들을 향해 활을 쏘아대고 있었다.

요란한 비명 가운데 거의 모든 거안 병사들이 피를 내뿜으며 말과 함께 바닥에 고꾸라졌다.

그때 급변한 풍경 앞으로 흑마 한 마리가 검은 번개처럼 황재하를 향해 돌진해 오는 것이 보였다.

황재하는 고개를 들어, 자신을 향해 나는 듯이 달려오는 한 남자를 보았다. 검은 전수[23] 비단옷을 입은 남자가 바람처럼 빠른 흑마를 타고 있었다. 핏빛 석양이 남자의 이목구비에 짙은 윤곽을 드리웠다. 피를 뒤집어쓰고 붉은 석양에 잠긴 채, 모래바람을 일으키며 질주하는 서슬 퍼런 그 기세가 실로 압도적이었다.

황재하는 순간 눈시울이 촉촉해져 낮은 소리로 그를 불렀다.

"전하……."

사막 한가운데서 가장 위험한 순간에 그녀 앞에 나타난 사람은, 다름 아닌 이서백이었다.

이서백은 아무 말도 하지 않고 디우를 재촉해 금세 황재하를 따라잡았다. 황재하 옆에 바싹 다가선 그는 돌연 몸을 기울여 한 팔로 황재하를 가볍게 낚아채 자신의 품으로 끌어당겼다.

---

23 간이 활을 숨길 수 있도록 소매 상부가 살짝 들리고 하단은 짧게 만들어진 소매.

별안간 그의 품에 안기게 된 황재하는 너무 놀라 무슨 말인가를 하려 했으나, 그러기도 전에 이서백이 그녀의 어깨를 강하게 끌어안았다. 그 힘이 어찌나 센지 황재하의 몸이 미세하게 떨릴 정도였다.

이서백의 목소리가 황재하의 귓가에 낮게 울렸다. 목소리에 걱정과 두려움이 가득했다. "어찌 그리도 충동적인 것이냐? 왕온을 위해 이런 위험까지 감수하다니, 스스로의 안위는 생각도 하지 않은 것이야?"

황재하는 아무 말도 하지 않고 그저 이서백 품에 머리를 파묻은 채 그를 꼭 껴안았다.

한편 이서백과 함께 온 기마병들은 속속 말에서 내려 신음하며 뒹굴고 있는 거안 병사들을 재차 칼로 찔러 숨을 끊어놓았다. 그러고는 바닥에 떨어진 화살들을 수거해 흔적을 없앴다.

석양이 완전히 사라지기 전, 마침내 일행은 버려진 봉수대에 도착할 수 있었다. 이서백과 함께 온 병사들은 모두 야외 막사 생활에 익숙한 자들이었다.

경계 태세로 주변을 순찰하고, 불을 피워 밥을 짓는 등 모두가 일사불란하게 움직였다.

상처 치료약을 가진 병사가 왕온의 상태를 살펴보았다.

왕온의 몸이 매우 뜨거웠는데, 상처 부위 염증에 의한 고열로 진즉에 혼절하여 의식이 없었다.

황재하는 안으로 들어가지는 못하고 봉수대 밖에 서서 이서백에게 물었다. "상처가 심각한가요?"

이서백이 무거운 표정으로 걸어 나왔다. "복부에 칼을 맞았는데, 거안인들이 아무 처치도 하지 않고 오래 방치해서 상처가 이미 화농으로 곪은 상태야. 지금은 온지의 체력이 얼마나 잘 버텨주느냐가 관건이구나."

"무사히 위기를 넘길 수 있기만을 바라야겠어요." 황재하가 중얼거리듯 말했다.

이서백은 사그라져가는 석양빛 아래 황재하의 얼굴을 가만히 바라보았다.

정신없이 말을 달려 도망치느라 황재하의 귀밑머리가 어지럽게 헝클어져 있었다. 손을 들어 그녀의 머리를 부드럽게 빗어주며 이서백이 나지막이 말했다. "걱정 말거라. 잘 견뎌내리라 믿는다."

황재하는 고개를 끄덕였다. 잠시 침묵이 흐른 뒤 이서백이 줄곧 자신을 응시하고 있음을 깨달은 황재하는 주위에 아무도 없는 것을 확인하고는 이서백의 팔을 끌어안으며 작은 소리로 물었다. "전하는 어쩐 일로 오신 겁니까?"

이서백이 심기 불편한 표정으로 황재하를 뚫어져라 응시했다. "내 왕비가 혼례를 앞두고 나를 내팽개친 채 멀리 돈황까지 달려가지 않았느냐. 당연히 밤을 새워서라도 일을 서두를 수밖에. 급하고 중요한 일들은 최대한 빨리 처리하고, 조금이라도 미룰 수 있는 것들은 모조리 다 미뤘다. 그야말로 만사를 제쳐두고 너를 찾아왔지. 한데 돈황에 도착했더니 네가 위험까지 무릅쓰고 마음대로 거안에 갔다지 않겠느냐. 그래서 즉시 이 사막으로 널 찾으러 왔더니, 결국 어쩐 일로 왔느냐는 질문이나 듣는구나."

한바탕 꾸지람을 들은 황재하의 얼굴에 달콤한 미소가 떠올랐다. 황재하는 이서백의 팔을 더욱 꼬옥 안고, 이서백의 어깨에 얼굴을 기대며 나지막이 말했다. "사실 그 왕비도 너무 놀라고 기쁜 나머지 순간 무슨 말을 어떻게 해야 할지 몰라서 그랬던 거예요. 왕비 인생에서 가장 무섭고 위험한 순간에, 그녀의 전하께서 용맹한 기세로 나타나 구해줬거든요. 세상에 그 왕비보다 행복한 사람이 또 누가 있겠어요?"

황재하의 말에 이서백은 가슴속을 떠다니던 구름이 마구 술렁이는 것을 느꼈다. 그는 팔을 뻗어 황재하를 거세게 껴안았다. 자신의 품속에 영원히 가두기라도 할 것처럼 있는 힘을 다해 꼬옥 끌어안았다.

황재하는 숨이 막히는 것 같았으나, 얌전히 품에 안긴 채 팔을 들어 이서백을 안아주었다.

해가 지평선으로 기울어 높고 낮은 모래언덕들이 새빨갛게 물들었다. 꽃이 가득 피어난 산봉우리가 끝없이 이어진 것 같았다. 그리고 여기 두 사람은 대당 천하를 돌고 돌아 마침내 이 황량하고도 찬란한 풍경 앞에서 서로를 의지해 안겼다. 그것이 하늘의 뜻인 것처럼.

4화

용혈천향

돈황 경내에 들어섰을 때에는 사람이나 말이나 모두가 지쳐 있었다. 일행은 사막 경계에 위치한 객잔에서 묵기로 하고 방을 여럿 얻어 휴식을 취했다.

하룻밤을 쉬고 아침이 밝아왔다. 새들이 지저귀는 가운데 줄곧 혼미한 상태에 있던 왕온이 깨어났다.

"정신이 드셨어요?" 황재하는 왕온의 이마에 놓인 수건을 바꿔주었다. 수건은 여전히 뜨거웠다. 황재하가 작은 소리로 당부하며 말했다. "일단 이 죽부터 좀 드세요. 며칠은 더 누워서 쉬어야 할 거예요."

왕온은 고개를 끄덕였다. 하지만 흐릿한 눈빛은 계속해

서 황재하의 얼굴을 응시했다.

황재하가 자신의 얼굴을 만지며 물었다. "왜요?"

"내가…… 꿈을 꾸고 있는 것 같아서……."

황재하는 저도 모르게 미소를 지었다. "꿈이 아니에요. 돈황으로 돌아왔어요."

약을 들고 들어오던 주자진은 왕온이 깬 것을 보고 몹시 기뻐하며 얼른 침상 곁으로 다가가 앉았다. "온지 형님, 드디어 깨신 겁니까! 어떻게 된 일인지 어서 얘기 좀 해보세요! 거안 주사는 왜 죽인 거고, 탕천과 경해는 또 왜 그런 거예요? 그리고 어쩌다 거안 사람한테 붙잡혀 간 겁니까? 어서 말씀 좀 해보십시오. 아무리 생각해도 의문이 풀리지 않으니 답답해서 죽을 지경입니다!"

"나도 모르겠어……." 왕온은 잠시 망연한 표정을 짓고 있다가 입을 열었다. "거안 사신이 당도한 그날, 충의군 장령들과 함께 주연에 참석하고 돌아오는 길에 거안 사신 하나가 초조한 얼굴로 골목 입구에 서 있는 걸 봤어. 도성에 있을 때 간혹 거안 말을 몇 마디 들어본 적이 있어서 다가가 말을 걸었지. 그랬더니 그자가 사신 일행 중 한 명이 보이지 않는다고, 그 골목 안에 있을지도 모르겠다며 불빛을 좀 비춰달라고 하더군. 아마 골목 안에서 나는 향을 맡은 듯했어."

주자진이 의아한 듯 물었다. "향이요?"

황재하는 골목 안에 서역 향료 냄새가 가득했다던 곽무덕 말이 떠올랐다.

"맞아. 거안의 용혈천향. 나무를 베어 나오는 진에서 얻는 것인데, 나무 진액을 철기에 담아 3년을 밀봉하면, 진액과 철의 녹이 혼합되어 덩어리로 굳어지지. 그것을 빻으면 향 가루 한 줌을 얻을 수 있어. 천향진이라고도 부르고." 왕온은 기력이 달려 말하는 것이 느렸다. 하지만 의식은 거의 회복되었다. "살짝 피비린내 느낌이 나는 향인데, 향이 몹시 진하고 굉장히 빠른 속도로 퍼진다는 특징이 있어. 하지만 사나흘이 지나면 향에 대한 기억만 남기고 향은 흔적도 없이 사라진다고들 하지."

황재하는 왕온이 향에 정통한 사람인 것을 떠올렸다.

"직전에 주연 자리에서 거안 사신의 향을 맡아봤기에 난 의심 없이 그것이 용혈천향인 것을 확신했어. 이왕 말에서 내렸기도 해서 등롱을 들고 사신과 함께 골목 안으로 들어갔는데……."

왕온은 거기까지 말하고는 이마에 손을 올리더니, 극심한 통증을 느꼈는지 손으로 태양혈을 문질렀다. "골목으로 들어서자마자 현기증이 났고 눈앞이 까매지면서 바로 의식을 잃었어. 쓰러지기 직전의 기억은, 등롱 손잡이를 돌려 잡고 상대의 허리 부분을 찔렀다는 거야. 그 뒤 깨어났을 때는 이미 그 어두컴컴한 감옥에 있었고, 복부에 상처를 입은 채였어. 대충 붕대가 감겨 있었는데 상처가 이미 곪아 열이 나기 시작해서 또다시 의식이 몽롱해지더군. 매일 일정한 시간에 내게 밥을 넣어준 사람이 거안 사람인 것 외에는 아는 것이 전혀 없어. 그러고는…….”

그러고는 비몽사몽간 단두대로 끌려가기 직전, 역광 속에서 자신을 향해 걸어오는 황재하를 보았다.

왕온은 오랜 고통을 끝내고 드디어 세상을 떠나는 순간이 온 거라고 생각했다. 그래서 그토록 마음에 그리던 사람이 눈앞에 나타난 것이라고.

한데 그것은 허상이 아니라 실제였다.

왕온이 다시 눈을 떴을 때도, 바로 눈앞에 이슬같이 맑고 투명한 눈으로 자신을 바라보는 황재하가 있었다. 예전 모습 그대로의 황재하가.

왕온이 깨어났다는 말에 이서백도 즉시 들어와 그를 살피고는 두 사건에 대해 왕온과 의견을 나누었다.

왕온은 황재하와 주자진을 통해 그간의 경과에 대해서도 들을 수 있었다. 여전히 맑은 정신은 아니었지만 상황을 분석할 정도는 되었다.

"두 사건이 굉장히 터무니없긴 하지만, 이 일을 다른 각도에서 들여다보는 것도 좋을 듯합니다." 황재하는 그렇게 말하고는 잠시 멈추었다가 말을 이었다. "이 사건 이후에 누가 제일 이득을 보았느냐는 겁니다."

이서백이 담담하게 말했다. "구승운은 한 주의 장관이니 네가 조사하기는 어려울 게다. 그자는 내게 맡기거라. 내가 책임지고 조사하마."

황재하가 고개를 끄덕였다. "그리고 또 한 가지 살펴볼 부분이 있는데, 바로 경해 대정입니다. 지난번에 몇 가지 물어보긴 했으나, 자세히 조사하진 못했습니다. 경해 대정은 그날 밤 사건의 유일한 목격자이기도 하고, 죽은 탕천과 매우 친밀한 관계였기도 합니다. 탕천에 관해서도 분명 아는 것이 많을 겁니다."

"경해라……." 왕온이 잠시 생각하다 입을 열었다. "경해에 관해서는 기억에 남은 것이 있소."

주자진이 감탄하며 말했다. "이야, 왕 형 대단해요. 부임한 지 얼마나 됐다고, 이만 명이 넘는 충의군 장병 중에서

일개 대정 한 사람까지 그리 자세히 파악하고 있단 말입
니까?"

"그런 게 아니라, 내가 일전에 경해를 내 친위병으로 발
탁할까 고민했었기 때문이야."

"엥? 악질 노병 아니에요? 하루 종일 시간만 때우는 날
라리!" 주자진은 지난번 경해가 황재하를 업신여겼던 일
때문에 여전히 앙금이 남아 있었다.

"확실히 사람들 사이에서 평가는 그리 좋지 않지. 한데
나는 그자를 꽤 좋게 보고 있었어." 왕온은 잠시 생각에
잠겼다가 천천히 말을 이었다. "내가 막 부임해 왔을 때
사막 도적 떼를 추격한 적이 있는데, 당시 나를 따라 출격
한 자들 중 한 명이었지. 확실히 날라리 같은 기질이 있긴
했어. 적을 해치우는 것보다, 자신의 안전을 더욱 중요시
했으니까. 하지만 그것 때문에 전장의 상황을 누구보다 정
확하게 파악하고 있었지. 만약 당시 부대 안에서 한 사람
만 살아남는다고 가정한다면 끝까지 남은 자는 단연 경해
그자였을 거야."

이서백이 고개를 끄덕였다. "확실히 쓸 만한 인물이긴
하군."

"그것 말고 다른 일도 있었지요. 사실 이 일이 있기 바

로 전에, 자객의 습격을 받은 적이 있습니다. 당시 경해 대정이 옆에서 함께 싸워주었지요……. 한데 경해가 자객의 몸놀림을 보더니 매우 이상한 표정을 지었습니다…….” 왕온이 기억을 떠올리며 말을 이었다. “당시 저는 자객의 솜씨가 꽤 체계가 있고, 수법이 교활하다는 느낌을 받았습니다. 심지어 이상하다 싶을 정도로 독특했고요. 대부분 예상치 못한 각도로 손을 뻗치고 들어왔는데 경해 대정이 중요한 순간마다 공격을 막아주었지요. 그래서 저도 경해도 치명적인 공격은 피할 수 있었습니다. 저는 이 일로 경해 대정이 굉장히 기민한 사람이라 판단했습니다. 일년 내내 전장에 있다 보니, 위험을 만나면 무의식적으로 피할 수 있게 됐나 싶었지요. 한데 다시 돌이켜보니…….”

황재하가 고개를 끄덕였다. “어쩌면 경해 대정은 당시 자객의 몸놀림에서 뭔가를 눈치챈 것일지도 모르겠네요. 자객이 본인에게 너무 익숙한 사람이었던 거죠.”

“그런 것 같소. 게다가 지금 생각해보니, 경해 그자가 나를 떠보듯 물은 적이 있소. 갑자기 충의군의 대장으로 천거받아 왔는데, 혹 이에 저항하는 세력이 있을 수 있지 않겠느냐고 말이오. 예를 들면 내가 다른 누군가의 이익을 침범하는 일이 벌어졌을 수도 있다고.” 왕온이 미간을 찡그러며 말을 이었다. "당시 나는 그냥 웃어넘기며 말했소. 내가 바른 일을 하고 행실을 단정히 한다면, 누군가의 이익을 침범한다 할지라도, 양심에 부끄러울 바는 없을 거라고 말이오."

"그러니까 사실은 경해 대정이 왕 형에게 구 자사를 조심하라고 에둘러 눈치를 줬다는 거네요!" 주자진이 참지 못하고 외쳤다. "그리고 자객도 경해 대정이 잘 아는 사람일 수 있는 거고!"

모두의 머릿속에 경해가 잘 아는 사람으로 제일 처음 떠오른 이는 바로 탕천이었다.

왕온은 생각에 잠겨 침묵했다. 그때 황재하가 물었다. "그 외에도 혹 이상하다 느낀 것은 없었습니까?"

"딱히 이상한 건 아니지만……." 왕온은 잠시 말을 멈추고 기억을 되짚다가 다시 입을 열었다. "자객을 만난 그날, 싸움 중에 청애의 손잡이에 혈흔이 묻었소. 경해 대정이 칼을 집어 내게 돌려주면서 전에 나와 사냥을 갔다가 잡은 사슴 얘기를 했소. 사슴 가죽으로 손잡이를 감으면 잘 마모되지 않고 손도 보호된다면서, 지금 손잡이 가죽이 많이 낡았으니 자신이 가져가 가죽을 바꿔주겠다고 말이오."

주자진이 눈을 크게 떴다. "그러니까…… 경해 대정이 왕 형의 칼에 손을 댄 거네요?"

"그러고는 다음 날 아침 일찍 바로 내게 돌려주었어. 그 때 한창 훈련 중이었는데 잡는 감촉이 어떤지 확인해본다고 칼을 뽑아보았지. 손잡이를 사슴 가죽으로 감싼 것 말고 다른 변화는 없었어. 내 칼이 틀림없었고."

"그때가 언제였나요?" 황재하가 물었다.

"사건이 일어난 바로 그날이었소."

"뭔가 좀……." 주자진이 생각에 잠기며 말했다. "문제가 있는 것 같아."

황재하도 살짝 고개를 끄덕여 주자진의 생각에 동의를 표했다.

"하지만 경해가 칼을 가져간 사이에도 탕천은 여전히 살아 있었으니 경해가 내 칼로 탕천을 죽였다고 말할 수는 없소. 그날 훈련장에 탕천이 나타난 것은 나를 포함해 모든 사람이 보았으니 말이오. 경해 대정이 전날 가져간 칼로 다음 날 죽은 사람을 죽였을 리는 없지 않겠소."

"그리고 아무리 서두른다 해도, 하룻밤 만에 똑같은 칼을 만들어 낼 수 있는 방법은 세상에 존재하지 않을 것이야." 이서백이 그렇게 말하더니 왕온에게 물었다. "당시 경해 그자에게 자네 곁으로 직무를 옮기는 것에 관해서는 언급한 적이 있는가?"

"생각을 해보겠다고만 하고 바로 답을 주지는 않았습니다."

주자진이 의아한 듯 물었다. "세상에 승급을 원하지 않는 사람도 있단 말입니까?"

"나중에 군영에서 듣자 하니, 경해는 부모님을 일찍 여의고 다른 가족은 없다고 하더군. 성격도 조금 괴팍해서 유일하게 있는 친구가 탕천이라고 했어. 두 사람은 10년 전 같이 입대했는데 지금껏 대정까지밖에 오르지 못했고, 서른이 되도록 부인도 얻지 못했지. 돈이 있으면 술을 마시고, 돈이 없으면 술 말고 다른 걸로 흥청망청하는 치들이라, 군영에서도 불량배 한 쌍으로 정평이 나 있더군."

주자진이 허벅지를 치며 말했다. "그럼 더 증명이 된 셈이네요. 자객이 탕천이었던 것은 의심의 여지가 없어요. 만약 탕천이 구 자사에게 매수당해 형님을 해치려 한 거면, 경해 대정이 형님 친위병으로 가게 될 경우 서로 적이 될 수밖에 없겠죠. 경해 대정도 그래서 망설였던 거고요!"

"만약 구 자사가 왕온 공자를 죽이기 위해 찾은 사람이 탕천이었다면⋯⋯." 황재하는 잠시 멈칫하고는 습관적으로 비녀를 눌러 안에 든 옥비녀를 꺼내 탁자 위에 천천히 그림을 그려갔다.

구 자사는 탕천을 이용해 왕온을 죽이려 했지만 탕천은 왕온의 손에 죽은 것으로 의심되는 상황이었다. 하지만 그날 밤 서로 다른 장소에서 동시에 벌어진 두 살인 사건 모두에 왕온이 연루되면서, 목격자가 있는 거안 주사 살해 사건은 오히려 미궁에 빠지게 되었다. 그렇다면…….

"이 일에 개입됐을 가능성이 가장 큰 사람은…… 이미 찾은 듯합니다."

황재하가 탁자 위 첫 번째 지점을 비녀로 짚으며 말했다. "자사부와 밀접히 왕래하면서, 자사가 부린 사람이 누구인지 아는 사람이겠지요."

"음." 이서백이 고개를 끄덕이더니 입을 열었다. "그런 사람은 많지 않을 게다."

황재하는 다시 두 번째 점을 짚으며 말했다. "거안과 관련이 있으면서, 적대적인 세력에 있는 사람일 겁니다."

"그런 사람이라면 범위가 훨씬 더 좁혀지겠구나." 이서백이 잠시 생각하다 차분한 표정의 황재하를 보며 물었다. "짚이는 이가 있는 것이냐?"

황재하는 고개를 끄덕이고는 다시 세 번째 점을 가리켰

다. "마지막으로 충의군의 탕천 대정과 왕래가 있던 사람입니다."

이서백이 옅은 미소를 지으며 말했다. "보아하니, 이미 답을 찾은 모양이구나."

"네." 황재하는 길고 가느다란 옥비녀를 다시 머리 위 은비녀 안에 꽂아 넣었다. 그리고 고개를 들어 이서백을 향해 싱긋이 웃으며 말했다. "전하께 한 가지 조사를 부탁드리겠습니다. 최근 구 자사가 이국 여인 무라야하나와 친분을 맺고 있는데, 그 여인이 어떤 내력을 가진 사람인지, 거안과 무슨 관계가 있는지 조사해주세요."

"즉시 사람을 보내 조사토록 하마. 그리고 충의군 쪽에는 최선으로 네게 협조하라 분부해놓으마." 이서백은 그렇게 말한 뒤 잠시 생각에 잠겼다. 황재하는 이미 일어나 주자진에게 나가자고 눈짓을 보냈다.

두 사람이 너무나 자연스럽게 짝이 되어 행동하는 모습에 이서백은 저도 모르게 황재하를 불러 세웠다. "재하, 그리고……."

"네?" 황재하가 고개를 돌려 이서백을 보았다.

이서백이 황재하를 응시하며 물었다. "내게 달리 할 말은 없고?"

황재하가 가볍게 이마를 쓸며 말했다. "아, 있습니다. 성
중에 있는 대장장이들도 전부 한번 조사해봐주세요. 하룻
밤 새에 똑같은 칼을 만들어 내는 건 불가능하겠지만, 혹
다른 눈속임이 있을 수도 있지 않겠어요?"

이서백은 눈을 가늘게 뜨고서 이슬처럼 맑고 투명한 황
재하의 눈을 바라보았다. 그러고는 뭔가 불만스러운 듯 소
매를 떨치며 어서 가보라고 손짓했다. "알았다."

"경해 형님하고 탕천 형님요? 그 두 사람은 완전히 단
짝이죠. 생긴 게 다르고, 성씨가 다르지 않았다면 다들 친
형제인 줄 알았을 걸요?"

두 사람에 대해 충의군 군영에 있는 사람들은 대부분
그렇게 입을 모았다.

오로지 그들 두 부대를 감독하는 교위 원덕량만이 턱수
염을 만지작거리며 어떤 생각에 잠긴 듯했다.

주자진은 무리를 내보내고 원덕량만 홀로 남겨 물었다.
"원 교위는 혹 특별히 기억에 남는 것이 있습니까? 자세
히 말씀 좀 해주십시오."

원덕량이 난처한 표정을 지으며 말했다. "그것이 어떻
게 된 일이냐면 말입니다……. 사건 바로 전날, 우연히 경

해와 탕천이 다투는 모습을 보았습니다."

"그래요?" 주자진이 급히 물었다. "두 사람이 무슨 일로 다투던가요?"

"그것이, 제가 뭐 다른 사람 싸우는 걸 몰래 훔쳐보는 버릇이 있는 건 아닙니다. 그저 우연히 지나다가 한쪽 구석에서 두 사람이 싸우는 걸 봤을 뿐입니다." 원덕량이 혀를 차며 말을 이었다. "그냥 다투는 게 아니라 치고받기까지 하더군요. 탕천이 경해의 얼굴에 주먹을 날렸는데, 경해가 재빨리 피해 맞지는 않았지요. 오히려 경해가 탕천을 발로 걷어차 탕천이 바닥에 나자빠지면서 무어라 욕을 했습니다. 처음에는 가서 말려볼까 생각도 했습니다만 다시 생각해보니, 두 사람이 어떤 사이입니까. 그렇게 싸우다 금방 또 달라붙어서 어깨동무나 하고 있을지 모르지요. 사내들끼리 서로 솔직하게 말하면 풀지 못할 일이 뭐가 있겠습니까. 괜히 말린답시고 갔다가 서로 더 어색해지기만 할 것 같아서 말았습니다."

황재하가 원덕량의 진술을 기록하면서 질문을 했다. "당시 두 사람이 무슨 말을 하며 싸웠는지 기억하십니까?"

"기억하지요. 탕천이 경해에게 이런 말을 했습니다. '호희가 어때서? 그래, 나는 그런 게 좋다, 왜!' 저는 두 사람이 결론내기 어려운 싸움을 한다 싶었습니다. 그래서 참견하지 않고 그냥 돌아 나왔던 겁니다."

"호희?" 주자진은 거기까지 듣고 회심의 미소를 지었으나, 서둘러 다시 질문을 했다. "옥성반의 그 무라야한나를 말하는 겁니까?"

"그 여자 말고 또 누가 있겠습니까? 당초 왕 장군께서 부임해 오셨을 때, 구 자사가 저희 충의군 장령들을 연회에 초대했습니다. 그때 구 자사가 호희 무라야한나를 불러 노래를 시켰답니다. 얼굴도 정말 예쁘고 노래도 아주 잘 부르더군요. 다만 경해가 그렇게 넋이 나간 표정을 할 줄은 생각도 하지 못했습니다. 그날 저녁 내내 호희에게서 눈을 떼지 못하더라니까요. 이렇게 말하고 보니, 이것도 우리 군영의 수치네요."

"경해 대정이 무라야한나에게 반했다고요? 탕천 대정이 아니고요?"

원덕량이 의아한 듯 되물었다. "탕천이요? 뭐, 탕천도 그런 마음이 있긴 했겠지요. 어쨌든 군영에 있는 독신 사내들이 그렇게 요염한 여인을 어디 본 적이나 있겠습니까. 다들 눈을 시뻘겋게 뜨고 보긴 했지요. 하지만 완전히 얼빠진 얼굴을 한 사람은 경해밖에 없었습니다. 다른 동료들도 경해를 실없는 놈이라고 놀렸더랬지요……. 한데 경해와 탕천이 호희 때문에 치고받고 싸울 거라고 누가 생각이나 했겠습니까."

황재하는 주자진과 의문 가득한 눈빛을 교환했다. 무라야한나를 달라고 구 자사를 찾아간 사람은 탕천이라 들었는데, 그날 밤 그녀를 보고 넋이 나간 사람은 왜 탕천이 아닌 경해였던 것일까.

그 외에는 단서가 될 만한 것이 없었다. 황재하는 주자진과 상의한 뒤 일단 옥성반으로 가보기로 했다.

"우리가 간우 반주에게 빚을 졌다는 사실을 명심해야 해요. 꼭 갚아드려야 할 거예요."

5화

이국의 호희

돈황은 가무가 번성하고 미인이 많았다. 각양각색의 미녀들 중 무라야한나는 특별히 주목받는 존재였다.

무라야한나는 구불구불한 갈색 머리와 호박색 눈동자를 가진 이국 미인이었다. 목소리 또한 아름다웠으며, 세상 물정에 밝아 오가는 사람들을 맞이하고 배웅하는 것에 능숙했다. 그래서 늘 인기가 많았다.

그런 여인은 종종 본인의 뜻과 상관없이 사단을 일으키곤 한다. 주자진은 옥성반으로 가기 전 관아에 들러 송사 기록을 찾아 보았다. 과연 지난달에 소송이 한 건 있었는데, 타지에서 온 부유한 상인이 무라야한나가 값비싼 선물을 받기만 하고 함께 하룻밤 보내는 것은 거절했다고 성토하며 자신이 선물한 장신구를 돌려달라고 송사한 것이다.

"이게 무슨 씨알도 안 먹히는 소리인지⋯⋯." 주자진은 고소장을 든 채 입을 삐죽였다. "하나는 미색이 탐이 나 거액의 선물을 갖다 바쳤고, 또 하나는 장신구가 탐이나 상대의 의도를 알면서도 모르는 척한 거잖아. 누가 누구를 뭐라 할 수 있겠어. 도토리 키 재기에, 오십 보 백 보구면."

"그런 쪽으로는 이보다 어처구니없는 일들도 많아요." 황재하가 송사 기록을 가져가 판결문에 적힌 진부한 말들을 훑어보았다. 무라야한나가 구 자사 사람인 것을 관아 사람들도 아는 듯 무라야한나에게 편향된 판결이었다. 결국 상대는 아무 소득도 없이 선물만 준 것으로 결론이 났다.

황재하와 주자진은 송사 기록을 챙긴 뒤 관아 사람에게 옥성반의 위치를 물었다.

문지기가 웃으며 대답했다. "옥성반이요? 바로 여기 왼편에 있는 건물 아닙니까. 거기 반주가 최근 몇 년간 돈을 많이 벌어서 관아 옆 저택을 사들였거든요. 저쪽으로 걸어가시면 바로 있습니다. 백 보도 안 될 겁니다."

"언니, 저 정말 후회막급이에요." 간우는 교방에서 공손연과 차를 마시고 있었다. 큰언니가 여전히 교방 밖으로 한 발짝도 못 나가는 상황인 것에 절로 한숨이 나왔다. "애초에 이번 일에 뛰어든 게 실수였던 것 아닐까요? 원래는 이 사건이 충의군 절도사와 관련 있다고 생각해 이걸로 기왕 전하께 선심 좀 사보려고 한 것이잖아요. 황 낭자를 도와 언니 상황이나 좀 바꿔보려다가 이게 뭐랍니까. 황 낭자와 주 포두는 거안에서 한바탕 난리를 일으키고 왕 장군은 찾았는지 어쨌는지 보이지도 않고, 잘못했다가는 그 여파가 우리한테까지 미치겠어요. 우리 옥성반이 자기들 포로를 빼돌리고, 왕 장군을 쫓던 거안 병사들까지 죽였다고 말이에요. 옥성반이 그저 여인 몇 명이 다여서 망정이지, 아니었으면 사막 한가운데서 사라진 병사들까지 진즉에 우리 책임으로 돌렸을 거예요."

공손연이 잠시 생각하다 입을 열었다. "말도 안 되지. 우린 그저 황 낭자와 주 포두를 옥성반과 동행하게 한 것뿐이야. 고작 그 두 사람이 사막에서 기마병들을 어떻게 죽여? 게다가 거안이 아무리 일개 소국이라 해도 사막에 땅을 차지하고 성벽을 두른 나라인데 그렇게 쉽게 건드릴 수 있겠어? 사막에서 전쟁하는 것이 익숙한 정예병들을 그 두 사람이 무슨 수로 해치운단 말이야."

간우가 미간을 찡그렸다. "어쨌든 두 사람이 무사히 돌아온다면 저희에게 확실히 신세를 진 것일 테고, 반대로 무사히 돌아오지 못한다면, 언니를 옥에 가뒀던 원수나 갚은 셈 치죠. 어찌해도 손해 볼 건 없겠네요."

간우의 말에 가타부타 하지 않고 공손연이 말했다. "사람 일은 모두 하늘의 뜻에 달려 있다 하지 않더냐. 우리가 약자의 입장이니 우리를 돕든 돕지 않든, 그들이 하는 대로 따를 수밖에."

그때 어린 소녀 하나가 뛰어 들어오며 소리쳤다. "누가 옥성반으로 반주를 찾아왔습니다."

간우가 물었다. "누구라더냐? 지금 큰언니와 차를 마시고 있잖느냐. 별 볼 일 없는 사람이면 돌려보내거라."

"지난번에 저희와 함께 거안에 갔던 주 공자와 황 낭자라 했습니다. 반주께 전할 좋은 소식이 있다고 하셨어요."

간우와 공손연은 서로 눈을 맞추고는 즉시 일어나 옥성반으로 돌아갔다.

사주부가 내린 사면 소식을 들은 공손연과 간우는 기뻐 어쩔 줄 몰라 하며 황재하에게도 거듭 감사 인사를 했다.

"공손 부인, 이제 사주 경내는 자유롭게 출입할 수 있을 뿐만 아니라, 매월 닷새는 사주 밖으로도 다녀올 수 있을 겁니다. 다만 나가시기 전에 미리 관아에 보고해야 하니 그 점은 잊지 마시고요." 황재하는 공문서를 공손연에게 전달한 뒤 물었다. "오늘은 무라야한나도 좀 만나고 싶은데, 지금 옥성반에 있을까요?"

황재하가 무라야한나를 찾자 간우가 한숨을 내쉬더니 사람을 시켜 그녀를 찾아오게 했다. 그러고는 황재하에게 꿀차를 타주며 불평을 늘어놓았다. "나가서 또 누구 옆에 앉아 술이나 마시고 있겠죠. 목청에 술이 좋지 않다고 그리 말해도, 지금처럼 젊고 예쁠 때 돈을 많이 모아야 한다나 뭐라나. 나중에 고향에 돌아가 살 거라고요, 에휴!"

"그래요? 무라야한나는 고향이 어딘데요?" 황재하가 꿀차를 건네받고는 웃으며 물었다.

간우는 잠시 망설이다가 얼버무렸다. "어, 거기가……서역에 있는 자그마한 소국이지요, 뭐."

황재하가 관아에서 가져온 송사 기록을 꺼내 펼쳤다. "여기에 적힌 것을 보니 월십국 사람이라 되어 있네요. 그러고 보니 월십과 거안이 과거 몇 년간 계속 전쟁을 하지 않았던가요? 지금도 갈등이 이어지고 있고요."

"그런가요? 저희야 돈황 가무 말고는 아는 게 없어서……." 간우의 얼굴에 난처해하는 기색이 스쳤다. 그 모습에 황재하는 분명 뭔가 속사정이 있을 거라는 생각이 들었다.

공손연이 어색한 상황을 수습하려는 듯 황재하에게 말을 건넸다. "에휴, 저희가 황 낭자께 소식을 너무 늦게 전한 탓입니다. 황 낭자와 주 포두는 돌아왔지만, 왕 장군은 아직도 감감무소식이니, 정말 큰일이 난 건 아닌지 참으로 걱정이네요."

"제가 너무 늦었던 거지요." 황재하가 말했다. 거안 추격병이 대당 기마병에게 죽임을 당한 일은 절대로 알려져서는 안 되었다. 자칫 잘못했다가는 대당과 거안이 한바탕 분쟁에 휩싸이게 될 터였다. 그래서 왕온이 무사히 돈황에 돌아온 사실도 아직은 비밀로 지켰다.

황재하가 차를 한 모금 마시고는 주위를 두리번거리며 물었다. "옥성반 사람들은 다들 엄청 바쁜가 봐요?"

"그럼요. 최근 천불동(千佛洞)의 대불상이 준공되어, 불광대전(佛光大典)이 거행될 예정이거든요. 그때 저희 옥성반이 불상 앞에서 가무를 올릴 겁니다. 이를 위해 다들 연습에 매진하고 있지요." 간우가 나긋나긋한 목소리로 말했다. "불가(佛歌)뿐 아니라, 부처님 은덕을 받기 위해 먼 길을 마다 않고 온 신도들을 위해 다른 노래도 들려줄 계획이에요. 그중에서도 「양관삼첩(陽關三疊)」은 우리 옥성 반의 비장의 솜씨가 발휘되는 곡이지요. 다른 곳에서는 들을 수 없는 것일 테니, 황 낭자와 주 포두도 관심이 있으면 그날 와서 함께 하셔요."

"간우 반주의 노래를 들을 수 있다면 실로 큰 행운이겠네요. 꼭 가서 듣겠습니다. 「양관삼첩」은 삼첩십이층(三疊十二層)으로 구성되어 있다고 들었어요. 저음은 무척 낮고 고음은 무척 높은데, 열두 단계의 높고 낮은 음을 층층이 쌓아 올리는 거라고요. 그래서 하늘까지 가 닿을 정도라죠? 아마 그 곡을 부를 수 있는 사람은 간우 반주밖에 없을 겁니다."

간우가 웃으며 말했다. "젊었을 때야 구름을 뚫는 것도 문제 없을 정도로 목청이 높고 힘이 있었는데, 나이가 들면서는 목소리가 점점 부드럽기만 해서 높은 곡은 부르기가 어렵네요. 한데 우리 무라야한나는 천부적인 재능이 있어서 음을 넘나드는 기술이 대단하답니다. 낮은 음이든 높은 음이든 자유자재로 제어하지요. 그래서 이번 곡의 마지막 첩은 무라야한나가 부르게 될 겁니다."

"과연 뛰어난 스승에게서 뛰어난 제자가 나오나 봅니다." 황재하는 간우 반주의 아름다운 목소리를 생각하며, 그녀의 전성기 때 인연을 맺지 못한 것이 아쉬웠다. 하지만 또 생각해보니 당시 비파 연주 한 곡으로 강도궁을 뒤흔든 매만치도, 나중에는 두 번 다시 비파에 손을 대지 않았다. 인간사는 변화무쌍하여 종종 그러했다. 그 속에 담긴 시련과 고난을 황재하가 어찌 다 이해할 수 있겠는가.

꿀차 한 잔을 다 마시도록 무라야한나는 돌아오지 않았다. 공연 준비를 하느라 옥성반은 한참 분주했다. 며칠 뒤 대전에서 쓸 물품들을 확인해달라는 청이 있어 간우가 자리에서 일어나자, 황재하도 구경이나 할 겸 따라나섰다.

불교 제전이기에 무대 의상도 천축국[24]과 서역 분위기가 물씬 풍겼다. 비녀, 귀걸이, 목걸이 등 장신구의 색이 화려했으며, 허리를 드러내고 몸에 딱 달라붙는 알록달록한 옷들도 눈에 띄었다. 과연 그날 제전에서 어떤 무대를 보여줄지 가히 짐작이 되었다.

그 화려한 물품들 중에서도 주자진은 유독 추악하게 생긴 가면 몇 점에 관심을 보였다. 주자진이 탄성을 내뱉으

---

24 인도를 뜻함.

며 가면을 집어 들었다. "와! 이건 뭡니까? 엄청 재밌게 생겼는데요!"

간우가 옆에서 설명해주었다. "그건 가죽으로 된 가면인데, 보통 우란분[25] 때 사용합니다. 여기 보시면 가발도 있어요. 붉은 머리 귀신, 노란 머리 요괴, 초록 머리 마귀까지 연기해야 하니 종류별로 다 구비하고 있어야 하거든요."

황재하도 알 것 같았다. 우란분 때는 지옥에 떨어진 모친을 구하는 연기가 필요하니, 당연히 누군가는 지옥의 악귀들로 분장해야 할 것이다.

"노래, 춤, 할 것 없이 옥성반 전체가 다 바쁘겠네요." 황재하는 무심히 가면을 하나둘 살펴보았다. 혀가 뽑히거나, 눈알이 빠지거나, 피부가 벗겨진 가면들이었다. "밤에 등불 아래서 보면 정말 무섭겠어요."

그 말에 간우는 조금 우쭐한 표정을 지었다. "제가 거금을 들여 장안에서 최고로 유명한 피혁공에게 부탁해 무두질한 거지요. 얼굴 그림도 꽤 이름난 화공을 청해 그린 거고요. 가면을 풀로 얼굴에 붙여놓으면 피부에 감쪽같이 착

---

25 불교 행사로 아귀도에 떨어진 망령을 위한 법회.

달라붙어서 자세히 보지 않으면 가면인지도 모른답니다. 지금은 대낮이니 그나마 낫죠. 밤에 이걸 쓰고 붉은 염료 까지 뿌려주면 불빛 아래서 사람들이 소스라치게 놀란답 니다. 종종 울음을 터트리는 여인들도 있고. 남자들마저 오싹해 한다니까요."

"하하하, 숭고. 어때?" 주자진이 흉악하게 생긴 가면 하 나를 집어 얼굴에 대고는 황재하를 겁주었다. "무섭지!"

황재하는 주자진을 흘끗 쳐다보다가 순간 깜짝 놀라 눈 을 휘둥그레 뜬 채 한참 동안 아무 말도 하지 않았다.

황재하가 아연실색한 표정으로 자신을 응시하자, 주자 진이 어깨를 으쓱하며 가면을 벗었다. "그렇게 무서워?"

"아니요……. 뭔가가 떠올라서요." 황재하는 생각에 잠 긴 채 주자진 손에 들린 가면을 가져왔다. 피부가 벗겨진 악귀의 가면이었다. 마구 난자당한 상처에, 피까지 흥건하 게 흐르는 얼굴이 끔찍하기 그지없었다.

황재하는 가면을 들고 가까이서 자세히 살펴보더니, 이 내 얼굴에 가져가며 주자진에게 물었다. "어때요……. 얼 굴이 칼에 난자당한 사람처럼 보이지 않나요?"

주자진이 자세히 쳐다보더니 고개를 끄덕였다. "정말 그렇네."

황재하는 다시 옆에 있던 가발을 집어 머리에 썼다. "이러면요? 뭔가 떠오르는 거 없어요?"

주자진은 황재하가 노란색 가발에 끔찍한 얼굴을 한 것을 보며 고개를 갸웃거렸다. "아무래도 뭔가…… 그것이…… 가만 보자……."

황재하는 어쩔 수 없다는 듯 고개를 절레절레 흔들며 가발과 가면을 원래 자리에 내려놓았다.

그때 은방울 소리가 들리더니 무라야한나가 경쾌하게 뛰어 들어왔다. 웃음소리가 은방울 소리보다 더 낭랑했다. "저를 찾으셨다고요? 부르자마자 이렇게 달려왔지요. 얼마나 대단하신 분이 저를 찾으셨을까……."

말이 채 끝나기도 전에 무라야한나의 시선이 황재하 손에 들린 송사 기록에 꽂혔다. 무라야한나는 저도 모르게 짧은 탄식을 내뱉었다. 활짝 웃던 얼굴도 살짝 일그러졌다. "뭐예요? 그놈의 일은 아직도 안 끝난 거예요?"

"그놈의 일은 진즉에 다 끝났지요. 한데 또 다른 그놈의 일이 생긴 듯하네요." 주자진이 참지 못하고 불쑥 끼어들었다. "혹 탕천 대정을 아시는지요?"

무라야한나는 잠시 멍한 표정을 짓더니 미간을 찌푸렸다. "알지요. 에휴, 정말 재수가 없으려니까."

간우가 그녀의 어깨를 툭 쳤다. "그게 지금 무슨 태도야. 아는데 왜 또 재수가 없다는 게야? 차근차근 좋게 말하지 못하겠니?"

"이걸 어떻게 좋게 말해요? 그자가 구 자사한테 저를 달라고 했다잖아요." 무라야한나는 입을 삐죽이더니 씩씩거리며 말을 이었다. "그냥 얼굴만 몇 번 봤을 뿐이에요. 왕 장군이 부임했을 때, 구 자사가 환영연을 연다고 저를 데려가 흥을 돋우었는데, 그날 병사들이 하나같이 저를 보며 눈이 벌게졌더랬죠."

무라야한나는 거기까지 말하고는 득의만만한 표정이 되어 그날 일을 설명했다. "이튿날, 구 자사가 제게 탕천이라는 자가 눈에 들어오지 않더냐고 묻더군요. 그래서 누굴 말하는 거냐고 되물었더니, 전날 밤 완전히 넋을 놓고 저를 보고 있던 사람이라잖아요. 아니, 왕 장군 외에는 그날 모든 남자들이 그러고 저를 보고 있었는데, 그 사람이 누구인지 제가 어떻게 알겠습니까? 한데 그 탕천이라는 자가 저를 부인 삼고 싶다고 구 자사께 청을 했다고 하더군요. 제가 교방사에 속한 줄 알고 제 악적[26]을 없애주고

---

26 관기의 이름과 신분 등을 기록한 책.

싶다고 했다나요. 참으로 궁금하더군요. 일개 대정인 사람이 언제부터 자사와 그렇게 편히 말을 나누고 청까지 할수 있었는지 말이에요. 심지어 조건까지 제시하면서 말입니다. 더 놀라운 건 자사가 진짜 제 의사를 물어왔다는 거예요. 참나……. 나중에는 그 탕천이라는 사람이 직접 절찾아와 제게 온갖 감언이설을 늘어놓더라고요. 무슨 말이든 제게 다 털어놓는데, 어찌나 기가 차던지."

황재하는 어느 정도 상황을 알 것 같았다. 아마도 탕천이 구 자사에게 매수된 가장 큰 이유가 무라야한나인 듯했다. 애석하게도 탕천은 무라야한나가 자신을 이토록 우습게 여기는지 죽는 순간까지도 몰랐을 것이다. 그리고 구자사 역시 약속을 지킬 생각은 처음부터 없었던 게 분명했다. 자신의 목적을 달성한 후에 탕천 정도는 충분히 해결할 수 있으니 말이다.

"탕천 대정이 무슨 말을 하던가요?"

무라야한나는 황재하의 질문에 눈썹을 찡긋하며 웃어보이더니 황재하에게 바싹 다가가 입을 열었다. "정말 듣고 싶어요? 그런데 아무래도 잘 기억이 나질 않네요. 어쨌든 남자들이 맹세한답시고 하는 말은 다 비슷비슷 하잖아요. 제가 굳이 그런 것까지 기억하고 싶겠어요?"

황재하는 그녀가 볼에 내뿜는 열기를 피해 고개를 돌렸다. 그러고는 들고 있던 송사 기록을 주자진에게 건네며 무라야한나에게 말했다. "그렇다 해도, 저희와 함께 관아로 가주셔야 할 것 같습니다. 어쨌든 월십에서 오셨으니 거안과도 크게 관계가 있고, 이번 사건의 피해자 중 한 명인 탕천 역시 낭자와 관계가 있는 듯하니까요. 관아에 가서 조사에 협조해주시면 감사하겠습니다."

무라야한나는 순간 크게 놀라며 완강하게 거절했다. "전 안 갈 거예요! 사람들이 제가 죄수로 전락했다고 오해하면 나중에 누가 저를 부르려 하겠습니까. 돈 있는 사람들이 제일로 겁내는 게 재수 없는 거예요!"

간우도 초조한 듯 말했다. "황 낭자, 대전이 코앞이라 최근 옥성반 전체가 연습에 매진하고 있습니다. 이대로 데려갔다가 혹 빨리 돌아오지 못한다면 저희는 어찌 한답니까?"

황재하도 달리 방법이 없었다. "최대한 빨리 조사할 테니 너무 걱정 마세요."

무라야한나가 화가 나서 말했다. "전 안 갈 거라고요. 묻고 싶은 게 있거든 여기서 물으면 되지 않아요? 관아에 갔다가는 아역들이 함부로 잡고 만지고 할 텐데 저는 싫어요. 제 손 한번 만지려고 사람들이 얼마나 많은 선물을 보내오는지 알기나 해요?"

주자진은 무라야한나의 손등에 난 솜털을 보며 저도 모르게 웃음이 터졌지만 다행히 재빨리 입을 틀어막았다.

무라야한나가 펄쩍펄쩍 뛰자 간우는 어쩔 수 없다는 듯 문밖에 사람이 없는 것을 확인하고는 빗장을 걸어 문을 잠갔다. "황 낭자, 주 포두, 원래 이 얘기는 아무한테도 발설할 생각이 없었습니다. 혹 이 얘기가 새어나간다면, 저희 옥성반에 씻을 수 없는 치욕이 될 수 있어서요⋯⋯. 하지만 저희도 상황이 이렇게 된 이상, 두 분께 사실을 말씀드릴 수밖에 없을 것 같습니다."

"스승님!" 무라야한나가 기죽은 얼굴로 간우를 부르며 입을 삐죽 내밀었다.

"그만 하거라. 황 낭자와 주 포두가 이 비밀은 꼭 지켜주리라 믿는다." 간우는 황재하와 주자진 맞은편에 자리를 잡고 앉아 진중한 어조로 말을 시작했다. "사실 무라야한나는 월십국 사람도 아니고, 이국의 호희 같은 것도 아니랍니다."

"아휴 참⋯⋯." 무라야한나는 얼굴을 감싸며 우울한 표정을 지었다.

116

"몇 년 전, 위수(渭水) 강변에 위치한 어느 자그마한 촌락에서 우연히 무라야한나를 만났습니다. 체격이 보통 여자아이들보다 크고, 이목구비가 유난히 선명했지요. 코가 높고 눈이 움푹 들어간 것이 이국 사람 느낌이 물씬 풍겼습니다. 하지만 그때 무라야한나의 머리칼은 검은색 직모였고, 눈동자도 칠흑 같은 검은색이었죠. 입을 열었을 때는 짙은 사투리가 흘러나와 영락없이 위수 지역의 농촌 계집아이였습니다."

주자진은 아연실색한 얼굴로 입을 떡 벌린 채 무라야한나를 쳐다보다가 찬 숨을 들이켰다.

무라야한나도 포기한 듯 자신의 갈색 곱슬머리를 잡아당기며 입을 뗐다. "그때 제가 산촌 민요를 부르고 있었는데, 스승님이 꽤 감미롭게 들으셨는지 데려가 키워볼 만하다 여기신 듯해요. 당시 전 부모님이 돌아가신 상태였는데 생계조차 꾸려갈 수 없다는 걸 아시고 절 제자로 삼아주셨던 겁니다. 그렇게 이곳 옥성반에 들어오게 됐습니다. 하지만 돈 있는 사람들은 제가 생긴 것이 굵고 체격이 크다며 싫어했습니다. 아무리 노래를 잘 불러도 제가 챙겨갈 수 있는 돈은 다른 이에 비하면 턱없이 적었죠. 그러다 하루는 길에서 우연히 호희를 보았습니다. 저보다 몸집이 더 크고 키도 두 치나 더 컸는데도 호희라는 이유로 이국적인 분위기라며 사람들이 홀딱 빠져들지 않겠습니까. 다들 좋아서 돈을 던져주는데 마치 호희 위로 비가 내리는 듯했어요······."

주자진이 입을 실룩거리며 무라야한나의 머리카락을 가리켰다. "그러니까, 그 구불구불한 머리카락은······."

"물을 들이고, 부집게로 지진 것이죠. 처음에는 익숙하지 않아 손을 얼마나 자주 데였는지 몰라요."

"그럼 눈이랑 피부는······."

"약을 먹었어요. 그 약도 얼마나 먹기 힘든지. 약을 처방해준 의원 말로는 늙으면 온갖 병을 몸에 달고 살 거라고 하더군요. 하지만 돈을 벌기 위한 것이니 어쩌겠어요. 매일 코를 막고 입에 털어 넣어야죠!" 무라야한나는 여전히 식식거리며 옆에 놓인 의자에 털썩 주저앉아서는 말했다. "그러니까, 그 무슨 거안이니 하는 것들과는 전혀 관계가 없다는 말입니다, 아시겠어요? 그러니 저는 이만 놓아주세요."

황재하는 예상치 못한 결과에 고개를 끄덕이는 수밖에 없었다. "그럼 여기서 몇 가지만 질문 드릴 테니 답변 부탁드립니다. 일단 탕천 대정과의 관계에 대해 여쭤보겠습니다……."

주자진은 조서를 펼쳐 붓을 들고 받아 적을 준비를 하다가 문득 물었다. "맞다, 그러면 무라야한나 낭자는 진짜 이름이 무엇입니까?"

"꼭 말해야 하나요?" 무라야한나는 입을 삐죽였다. 주자진이 고집스럽게 서책에 기록하려는 듯한 태도를 취하자 무라야한나가 그의 소맷자락을 잡아당기며 말했다. "서책에 절대 기록하지 않는다면 말씀드릴게요! 혹 누가 알게 되는 날에는 더 이상 호희로는 돈을 못 번단 말입니다!"

"알았어요, 알았어." 양고기 아가씨를 마음에 품고 있던 주자진은 무라야한나의 교태에 조금도 아랑곳하지 않았다. "그래서 이름이 뭐라는 겁니까?"

"……노부국."

6화

아름다운 산앵두나무 꽃

"노부국, 하하하하하…… 무라야한나 노부국……."

돌아오는 길에 주자진은 웃음을 멈추지 못했다.

황재하가 고개를 절레절레 저으며 말했다. "이름은 부모님이 지어주시는 거예요. 그리고 굉장히 평범한 이름인데 뭐가 그렇게 웃기다는 거예요?"

주자진은 간신히 웃음을 멈추고 황재하에게 물었다. "그럼 이제 우리는 어떻게 해? 무라…… 아니, 노부국 쪽 실마리가 끊어졌으니 다음 수사는 어떻게 이어가지?"

"경해 대정이 있잖아요. 거기 가서 당시 정황을 다시 명확히 정리해보는 게 좋겠어요."

주자진이 입을 삐죽였다. "지난번에 갔을 때 제대로 답을 듣지도 못했잖아."

황재하가 잠시 생각하다 입을 열었다. "지난번에는 경해 대정의 성격을 잘 몰랐잖아요. 이번에는 탕천 대정의 시신이 곧 묻힐 거라는 소식을 핑계로 찾아가보죠. 다시 제대로 한 번 조사해봐요."

"탕천을 묻는다고요……." 상처가 중한 탓에 여전히 침대에 누워 안정을 취하고 있던 경해는 황재하와 주자진이 전해준 소식에 멍한 표정으로 중얼거리더니, 금세 눈시울이 빨개졌다.

"경해 대정이 탕천 대정의 유일한 벗이긴 하지만, 대정의 몸 상태로는 아무래도 직접 보내드리기는 어려울 것 같네요." 주자진이 고개를 저으며 말했다. "날씨가 점점 더워지고 있어서 의장[27] 쪽에서도 더는 버티지 못할 것 같다고 하더군요. 빨리 수령해 가지 않으면 난장강[28]에 보내는 수밖에 없다고 말입니다."

---

27 임시로 관을 보관하는 장소.

28 연고 없는 무덤이 널린 공동묘지.

"제가······ 제가 가서 인수해 오겠습니다. 자기가 죽으면 집 앞 작은 언덕에다 묻어달라는 말을 한 적이 있습니다······." 경해는 잔뜩 힘을 주어 몸을 일으켰으나 그 순간 몸에 감긴 붕대 위로 빠르게 피가 번졌다. 상처가 다시 벌어진 모양이어서 도로 몸을 누일 수밖에 없었다.

주자진이 얼른 경해를 부축해 침대에 천천히 눕혀주었다. "더 쉬시는 게 좋겠습니다. 이렇게 하죠. 제가 일단 사람을 시켜 시신을 화장해놓겠습니다. 경해 대정이 회복하고 나면 탕천 대정이 부탁한 그곳에 유골을 묻어주면 되지 않겠습니까?"

경해가 고개를 끄덕이며 꽉 잠긴 목소리로 말했다. "그리하는 수밖에 없겠네요."

"그리고 몇 가지, 좀 더 자세히 기억을 떠올려주셨으면 하는 것이 있습니다." 주자진은 조서를 뒤적여 지난번 군의처에서 기록한 내용을 보며 물었다. "당시 진술하기로는, 술에 취해 몽롱한 상태에서 왕 장군이 빗장을 부수고 들어오는 걸 봤다고 했지요? 그리고 그 왕 장군이 탕천 대정을 죽이고, 경해 대정까지 죽이려 했다고요."

"네." 경해가 딱 잘라 답했다.

"하지만 당시 왕 장군의 수행들도 성안에서 거안 주사

를 죽인 왕 장군을 목격했습니다. 왕 장군이 사람을 죽였을 때 삼경 북소리가 울리는 것도 모두가 들었고요. 그런데 왕 장군이 어떻게 순식간에 충의군 군영으로 돌아와 탕천 대정과 경해 대정을 공격했을까요?"

"그걸 제가 어찌 압니까?" 경해가 눈을 감고 고집스럽게 말했다. "당시 제가 본 사람은 왕 장군이었습니다. 제가 들은 목소리도 왕 장군 목소리였고, 내 몸을 찌른 칼도 왕 장군 칼이었고요. 그런데 왕 장군이 아니면 대체 누구란 말입니까?"

"그러니까······." 주자진이 머리를 긁적이며 미간을 찡그렸다.

"어쨌든 그날 밤 제가 본 것이 잘못됐을 리는 없습니다. 분명 왕 장군이 맞습니다!" 그렇게 말하면서 경해는 조금 침울해 보였다. "지금은 왕 장군의 행방을 알 수 없지만, 확실히 보장할 수 있는 건, 거안 사신을 죽인 그자는 분명 왕 장군인 척 꾸민 것일 겁니다! 당시 진짜 왕 장군은 확실히 제 곁에 있었고, 제 몸을 찌른 것도 왕 장군의 칼이었으니까요!"

경해의 표정을 자세히 살피며 황재하가 물었다. "경해 대정의 가장 친한 벗이 왕 장군에게 죽임을 당했습니다.

그리고 경해 대정도 왕 장군의 손에 죽을 뻔했고요. 이치대로라면 왕 장군을 증오해야 맞을 텐데요."

"군인의 신분으로 밤새 술에 취해 있었으니, 군법으로 다스릴 일입니다. 죽을 명분이 충분하지요!" 경해가 완고하게 말했다.

경해는 굉장히 고집스러운 사람인 듯했다. 여러 가지 이야기로 돌고 돌아도 결국 탕천을 죽인 사람이 왕 장군이었다는 말만 되풀이했다. 이대로는 더 이상 진전이 없을 것 같아, 황재하는 조서를 덮고 말했다. "그리고 탕천 대정이 죽기 하루 전, 경해 대정과 다투는 걸 본 사람이 있어요. 다툼의 원인이 무라야한나라는 호희라고 하던데요."

경해는 잠시 멍하니 있다가 성난 목소리로 말했다. "맞습니다. 내가 그 호희에게 관심이 있는 걸 알면서 일부러 집적거리더군요. 화가 나서 탕천을 한 대 쳤습니다. 하지만 잠깐 그렇게 싸우고는 곧바로 풀었습니다. 형제는 몸의 수족 같은 존재이지만, 여인은 몸에 걸치는 옷과 같다 하지 않습니까. 하물며 그다지 평판도 좋지 않은 호희 하나 때문에 형제끼리 반목해서야 되겠습니까? 그래서 다음 날 미안한 마음에 제가 술을 산다 한 것입니다. 아무 일도 없던 것처럼 화해를 했습니다. 이는 주막집 주인장이 증언해

줄 수 있을 겁니다."

황재하는 고개를 끄덕였다. "그러면 저희도 다른 사람을 통해 다시 상황을 알아보도록 하겠습니다."

황재하는 물건을 챙겨 충의군 군영을 나와 즉시 주막집으로 향했다.

주자진이 황재하를 따라가며 물었다. "이제 주막집으로 가는 거야? 두 사람이 화해한 게 맞는지 주인장한테 물어보려고?"

"그것만은 아니고요." 황재하가 소리를 낮추어 말했다. "그날 밤 주막에서 탕천 대정을 죽였을 가능성이 가장 큰 사람이 누구라고 생각해요?"

주자진이 잠시 생각하더니 입을 뗐다. "주인장?"

황재하가 말없이 고개를 내저었다.

주자진은 다시 골똘히 생각해보다 저도 모르게 눈을 휘둥그레 떴다. "설…… 설마, 그러니까 네 말은……."

"맞아요. 저는 탕천 대정을 죽인 범인이 경해 대정인 것 같아요."

"하지만 경해 대정이 입은 상처는 너도 봤잖아. 왕 형의 횡도가 경해 대정의 등을 관통했어. 각도나 힘, 찔린 깊이로 볼 때 절대 자기가 손을 등 뒤로 돌려 찔렀다고 볼 수는 없어!"

"누가 알겠어요. 세상일에 불가능한 게 어디 있다고. 또
모르죠, 가서 조사를 해보면 뭔가 수확이 있을지."

주인장은 지지리 운도 없다는 표정으로 텅 빈 주막을
가리키며 황재하와 주자진을 향해 한바탕 하소연을 했다.
"어쩜 이렇게 참담할 수가 있답니까. 점포 하나 빌려서 몇
십 년을 고생스럽게 꾸려온 주막입니다. 그간 모은 돈으로
마침내 작년에 점포를 제 손에 넣었어요. 이제는 한숨 돌
리며 살 수 있겠다 싶었더니, 느닷없이 살인 사건이라니
요! 이제 누가 저희 집에 와서 술을 먹겠습니까? 이거 보
십시오, 점심나절인데 손님 하나 없는 게 말이 됩니까. 전
이제 망했습니다요……."

주자진이 동정 어린 눈으로 말했다. "너무 걱정 마세요.
제게 좋은 생각이 있습니다. 일단 스님을 청해 법회를 여
는 겁니다. 그리고 선언을 하세요. 이 주막은 최고의 불운
을 지나와서, 이제부터는 행운만 가득할 거라고……."

주자진이 주인장을 붙잡고 한담을 늘어놓자 황재하는
그저 옆에서 기다리는 수밖에 없었다. 주자진의 얘기가 끝
이 나자 그제야 주인장이 물었다. "맞다, 그나저나 두 분

께서는 무슨 연유로 오신 겁니까?"

"사건과 관련해서 몇 가지 묻고 싶은 것이 있어서요. 그날 경해 대정과 탕천 대정이 술을 마실 때 무언가 이상한 점은 없었나요?"

주인장은 한참을 생각하다가 고개를 흔들었다. "없었습니다. 두 사람 다 저희 집 단골인데, 매번 노화백주[29]를 마셨지요. 아무래도 비싼 술은 마시지 못할 테니까요. 그날 저녁도 와서는 평소처럼 술 다섯 근과 양고기, 땅콩 등 몇 가지 안주를 함께 시켰습니다. 한데 그날은 둘 다 기분이 그다지 좋지 않은 것 같았습니다. 금방 고주망태가 되더군요. 둘 다 탁자에 엎어져서는 제가 아무리 흔들어도 깨지 않더라고요. 하지만 예전에도 그런 적이 종종 있어서 대수롭지 않게 생각하고 그냥 그렇게 엎어진 대로 두었습니다. 시간이 많이 늦은 때라 저는 문을 잠그고 방으로 가서 잠을 잤고요……."

주자진이 혀를 차며 물었다. "두 사람을 그냥 그렇게 주막 안에서 자게 됐다는 말입니까?"

"안 그럼 어쩌겠습니까. 이 늙은 팔다리로 술꾼 둘을 어

---

29 곡식을 발효해 만든 백주의 일종.

찌 부축하겠습니까? 그리고 눕힐 침대도 없는데 두 사람을 어디로 옮긴단 말입니까!"

"그럼 그날 밤 무슨 기적에 다시 잠에서 깨신 거지요?"

"잠결에 크게 쾅 하는 소리가 나서 깼습니다. 너무 놀라서 벌떡 일어났지요. 난 또 문짝이 떨어져 나간 줄 알았습니다……."

"문짝이 떨어져 나가요?" 황재하가 고개를 갸웃하며 물었다. "문은 빗장이 부서져 열린 것이지 않습니까. 어째서 문짝이 쓰러진 소리가 났을까요?"

"그러게 말입니다. 그러고 보니 좀 이상하긴 하네요. 하지만 당시 제가 들은 소리는 딱 그런 소리였습니다. 한데 나중에 살펴보니 쓰러진 문짝 같은 것은 없었어요. 아니면 제가 문을 제대로 안 닫고 자서, 바람에 문이 쾅 닫히는 소리였을까요?" 주인장이 머리를 긁적이며 말했다. "그것도 아니면, 주막 안에서 탁자랑 의자가 쓰러지는 소리였는데 제가 착각한 걸 수도 있겠지요."

황재하는 주막 안을 한 바퀴 둘러보았다. 고쳐진 빗장부터 탁자와 의자, 바닥까지 자세히 살폈다. 주인장이 깨끗이 씻어내긴 했으나, 청회색 돌바닥 틈새로 여전히 마른 혈흔이 남아 있었다.

황재하는 혈흔을 따라 천천히 창문 앞으로 가서 창문도 꼼꼼히 확인해보았다.

주막집 창문은 두꺼운 목판으로, 아래서 바깥쪽 위로 밀어서 지지대로 받쳐놓는 화합창(和合窓) 형태였다. 창문 두께가 손가락 두 마디 정도로 두꺼워 무게가 굉장했다. 평소 주인장이 도둑 드는 걸 얼마나 걱정하는지 잘 알 수 있었다.

황재하는 손으로 창문 위를 살짝 쓸어보았다. 어느 한 부분에 움푹 팬 흔적이 있었는데, 오래되지 않은 것 같아 잠시 생각에 잠겼다.

주자진이 다가와 물었다. "그게 뭔데?"

"여기 움푹 팬 곳 좀 보세요. 이 부분만 나무색이 새것 같아요. 창문이 전체적으로 어두운 갈색인데 여기만 확연히 다르죠." 황재하는 그렇게 말하면서 창문과 창틈에도 혈흔이 남아 있는지 살펴보았다. 하지만 찾지 못해 다시 고개를 숙여 돌바닥 틈새의 혈흔을 들여다보았다.

바닥에 난 혈흔은 창문으로부터 대략 반 척 정도 떨어진 곳까지만 이어졌다. 황재하는 가만히 생각하다 고개를 들고 주인장에게 물었다. "혹시 이쯤에 어떤 물건 같은 것이 있었나요? 이쪽부터는 피가 묻지 않은 것 같아서요."

주인장이 그쪽을 쳐다보고는 말했다. "아, 그때는 거기에 휘장이 있었습니다. 그날 밤 왕 장군이 와서 난리를 칠 때, 경해 대정이 창문 밖으로 도망치려 했지 않습니까. 한데 그 휘장 앞에서 칼에 찔리는 바람에 휘장에 피가 온통 시뻘겋게 튀었지요. 보고 있으려니 너무 끔찍해서 당장 가져다 버렸습니다."

"버리셨다고요? 어디다 버리셨습니까?"

"하천가에요. 그런 건 가져가는 사람도 없을 겁니다. 비 맞고 햇볕도 쬐면 알아서 썩어서 못쓰게 되겠지요."

"수고스럽겠지만, 휘장 버린 곳을 안내해주실 수 있을까요? 무언가 단서를 찾을 수도 있을 것 같아서요."

주인장은 두 사람을 데리고 물가로 향했다. 5월이라 하천 주변은 잡초가 무성했고, 그 속에 각종 쓰레기들이 버려져 있었다. 주인장이 부서진 기왓장과 깨진 항아리, 썩은 야채 뿌리들을 지나며 걱정스러운 듯 말했다. "며칠 전에 한 차례 비가 와서 빗물에 쓸려 내려간 건 아닌지 모르겠습니다. 여기 수풀 어디쯤이었던 것 같은데……."

말을 끝맺기도 전에 수풀 아래로 갈색 천 뭉치가 보였다. 주인장이 얼른 손으로 가리키며 말했다. "저기 있네요! 한데 비를 맞아서 이미 피는 적잖이 씻겨 나갔겠어요."

주자진이 장갑을 끼고 휘장을 들어 활짝 펼쳐 보였다.

확실히 핏자국은 비를 맞아 많이 씻겨 나간 듯했다. 하지만 황재하가 찾는 것은 혈흔만이 아니었다. 황재하는 휘장을 바닥에 펼쳐놓고 그 위를 자세히 살폈다.

주자진은 휘장 위를 샅샅이 뒤지는 황재하를 보고 있었다. 황재하가 드디어 뭔가를 찾아내 손끝으로 집어 들어 보였다. 휘장 천에서 풀려 나온 듯한 기다란 실오라기였는데, 양쪽 끝에는 매듭이 지어져 있었다. 황재하의 얼굴에 만족스러운 미소가 떠올랐다.

주자진이 물었다. "그게 뭔데?"

"왕 장군이 성안 막다른 골목에서 거안 주사를 죽이는 동시에 성 밖 주막집에서 탕천 대정을 죽일 수 있었던 방법요. 이 모시 휘장 위에, 뭔가에 움푹 찍힌 흔적이 있으면 금상첨화일 텐데……."

그 순간 두 사람은 휘장에서 정말로 그런 흔적을 발견했다. 무언가에 찍힌 흔적이 분명했다.

오랜만에 황재하의 얼굴에 환한 웃음이 번졌다. "과연 제가 예상한 대로네요……. 아무래도 경해 대정을 더 철저히 조사해봐야겠어요."

주자진은 황재하의 말에 따라 얼룩덜룩한 휘장을 주요

물증으로 도구 상자 안에 챙겨 넣었다. 그러고는 돌아가는 길에 도저히 궁금해서 참지 못하고 물었다. "휘장에 무슨 이상한 점이 있는 거야?"

"네. 이제 그 휘장과 주인장의 증언으로 경해 대정을 찾아가면 사건은 종결될 거예요."

주자진은 귀를 긁적이고 턱을 만지작거리며 당황한 표정을 지었다. "숭고, 내가 너의 어떤 점이 제일 마음에 안 드는지 알아?"

황재하가 주자진을 향해 웃으며 말했다. "그야 당연히 제가 사건의 진상을 자진 공자에게 미리 얘기해주지 않는 거겠죠."

"쳇! 알고 있었단 말이야!"

황재하가 주자진과 함께 역참으로 돌아오니 이서백이 기다리고 있었다.

"네가 말한 대로 사람을 시켜 성중에 있는 모든 대장장이들을 조사해보게 했는데, 그중 한 대장간의 가족이 하룻밤 새에 갑자기 사라졌더구나."

황재하가 두 눈썹을 치켜올리며 물었다. "경해 대정과 관련이 있던가요?"

이서백의 입꼬리가 살짝 올라갔다. "이번에는 네 추측이 틀렸다. 사건 발생 하루 전, 그 대장간에 탕천이 들어가는 걸 누군가 봤다는구나."

"그래요? 탕천 대정이 찾아간 거였군요." 황재하는 이서백에게 결벽증이 있음을 알기에, 조금 전 피 묻은 휘장을 만진 손을 씻으려 일단 뜰 안 작은 연못가로 갔다. 황재하가 손을 씻으며 물었다. "그럼 대장장이 가족이 언제부터 보이지 않았다던가요?"

"사건이 있던 그날 오후에 대장간이 문을 닫았다는구나. 누군가 그들 가족이 성문을 나가 서쪽으로 가는 걸 보았고, 그 후로는 아무 소식이 없다고 하더군."

"가족 모두가요?" 황재하가 살짝 미간을 찡그렸다.

"그래. 그들이 집을 나서는데 마침 이웃과 마주친 모양이야. 온 가족이 어디를 그렇게 가느냐고 물었더니, 칼 두 자루를 만들었는데 이렇게까지 화가 미칠 줄은 몰랐다고 했다는구나. 불안한 표정으로 그 말만 하고서 그대로 떠났다고 한다." 이서백은 거기까지 말하고는 잠시 멈췄다가 다시 말을 이었다. "이웃의 말로는, 그 집 할머니가 삼대독자인 어린 손자를 품에 꼭 안고 있었는데, 아기의 오른손이 천으로 칭칭 감겨 있고, 새끼손가락 자리가 비어 있었다고 하는구나."

"칼 두 자루라……." 황재하는 시선을 내려뜨린 채 손수건을 꺼내 손을 닦으며 조금 경직된 목소리로 말했다. "그러니까, 누군가 아이를 빌미로 위협을 가했나 보네요. 심지어 아기 손가락을 잘라 가족 전체가 이곳을 떠나도록 협박했을 수도 있고요."

"그랬을 것 같구나." 이서백이 살짝 고개를 끄덕였다.

"그럼 그들 가족이 어디로 갔는지 추적할 수 있을까요?"

이서백이 황재하를 바라보며 천천히 입을 열었다. "과주(瓜州)로 가는 길에서 일가족 다섯 명이 마적의 습격을 받았다는 보고가 있었다. 일전에 왕온이 소탕했던 마적의 잔당들이 도망치다가 과주로 가는 길에 남아 있었던 것 같더구나. 수법이 잔학하기 그지없었다. 갓 옹알이를 시작한 아이까지 모조리 죽였다는데, 아이의 오른손에 생긴 지 얼마 안 된 듯한 상처가 있었고, 새끼손가락이 없었다고 하더구나."

황재하는 순간 가슴 깊은 곳이 싸늘해지는 것을 느꼈다. "그러니까 그 가족이 몰살됐다는 말씀이세요?"

"그래."

황재하는 아직 물기가 남아 있는 두 손을 꼭 움켜쥐었

다. 분노가 치밀어 아무 말도 할 수가 없었다. 이서백이 황재하의 어깨를 가볍게 쓸어주며 낮은 소리로 말했다. "그리고 경해 대정에 관한 자료를 가져왔으니 한번 보거라. 보고 나면 확실히 소득이 있을 게다."

황재하는 고개를 끄덕이며 멍하니 마저 손을 닦고, 이서백을 따라 방 안으로 들어갔다. 그러고는 충의군에서 가져올 경해에 대한 자료를 펼쳐보았다.

첫 번째 장을 펼치자마자 황재하가 의아해하며 물었다. "경해 대정의 조상 중에 호인 혈통이 있다고요?"

"그래. 그의 외조부가 호인이었는데, 상단을 따라 돈황에 와서 교역 일을 하던 중 경해 대정의 외조모와 혼인했다는구나. 딸이 태어난 뒤 고국으로 돌아가 다시는 오지 않았다고 한다. 경해 대정 모친의 인생도 기구하더구나. 경해 대정이 열다섯 되던 해에 부친이 세상을 떠나고 생활이 어려워지자 모친은 경해 대정의 남동생과 여동생을 데리고 외지 사람에게 재가를 갔다는구나. 한데 안타깝게도 재가한 지 오래지 않아 모친은 병으로 세상을 떠났다." 이서백이 서랍을 열어 족자 하나를 꺼내 황재하에게 건넸다. "이건 경해 대정이 어릴 때 살았던 마을 이웃들에게 알아본 것을 토대로 모친의 초상화를 그리게 한 것이다.

모친을 본 적이 있는 사람들은 다들 이 그림이 실물과 많이 닮았다고 하더구나."

족자를 받아 펼쳐 본 황재하는 순간 화들짝 놀랐다.

그림 속 여인은 골격이 굵고 체격이 좋으며, 이목구비가 크고 선명했다. 무라야한나라는 가명을 쓰는 노부국과 꽤 닮아 보였다.

이서백은 황재하가 놀라는 것을 보고 한마디 덧붙였다. "당시 경해 대정의 모친이 재가해서 간 곳은 위수 강변에 위치한 작은 촌락인데, 부군의 성이 노 씨였다."

"그러면 노부국이 경해 대정의 여동생이라는 건가요?"

"그렇지. 경해 대정이 무라야한나를 처음 본 날 그렇게 얼빠진 모습을 보인 것도 그걸로 설명이 될 수 있을 것 같구나. 모친과 꼭 닮아서 여동생인 줄 한눈에 알아봤을 게다." 이서백이 안타까워하는 표정으로 말을 이었다. "동생이 갑자기 재물을 탐하고 평판도 좋지 않은 호희로 전락해 있으니, 이성을 잃는 것도 당연한 반응이겠지."

"하지만 그리되면 한 가지 이치에 맞지 않는 것이 있어요." 황재하가 잠시 생각에 잠겼다가 말했다. "저희가 생각했던 대로 경해 대정이 호희를 놓고 질투 때문에 싸우다 탕천 대정을 죽인 거라면, 모든 정황이 맞아떨어집니다. 하지만 탕천 대정이 자신의 여동생을 마음에 품었다면, 그래서 형제처럼 아끼던 벗이 여동생과 혼인을 하게 된다면 이는 좋은 일이지 않을까요? 그렇다면 경해 대정이 탕천 대정을 죽인 건 이치에 맞지 않아요."

이서백이 고개를 끄덕였다. "하지만 정황이 어떻든, 현재 이 사건에서 혐의가 가장 큰 자이기에 내 이미 사람을 시켜 경해 대정을 잡아들이라 하였다. 나중에 잘 심문해보면 될 것이다."

황재하도 고개를 끄덕였다. "오늘 주막집을 들러 면밀히 살펴보았는데, 거기서 몇 가지 단서를 찾았습니다. 감히 확신컨대 탕천 대정의 죽음은 경해 대정의 소행일 가능성이 농후……."

말이 채 끝나기도 전에 별안간 기왕부 친위병이 뛰어들어와 급히 이서백에게 고했다. "전하, 소장이 명을 받들어 경해 대정을 포박하러 갔으나, 그자가……."

친위병이 주저하며 말을 잇지 못하자 주자진이 물었다. "그가 어쨌다고요? 설마 중상을 입은 몸으로 도망이라도 갔단 말입니까?"

"그렇습니다. 아무래도 그자의 상처가 저희가 생각한 만큼 그렇게 심각한 것은 아닌 듯합니다."

이서백이 고개를 돌려 옅은 미소를 지으며 황재하에게 물었다. "우리가 뱀을 동굴에서 나오게 하려면, 네 생각에는 빨리 하는 것이 좋겠느냐, 아니면 천천히 하는 것이 좋겠느냐?"

황재하는 조금도 주저하지 않고 대답했다. "당연히 빠르면 빠를수록 좋지요."

7화

뱀을 동굴 밖으로 유인하다

돈황에 한바탕 소란이 일었다.

요란한 징소리에 1년 내내 평온하게만 지내던 백성들이 술렁거렸다.

"호희가 재물을 사취하더니, 결국 그 보응을 오늘에서야 받는가 봅니다! 그 유명한 노래꾼 무라야한나가 남의 재물을 탐해놓고 돌려줄 생각도 하지 않았다 하더이다! 드디어 오늘 붙잡혔다 하니 화를 면하긴 어려울 것이오! 감천수 돌다리로 가면 호희가 연못에 가라앉는 걸 볼 수 있을 것이니 어서들 가보시오!"

거리마다 요란스러운 소리가 가득하니 호사가들의 관

심이 온통 그리로 쏠렸다. 호희가 물에 빠지는 걸 보려고 사람들이 속속 감천수 연못가로 몰려들었다.

"세상에, 이게 뭔 일이래……. 어이쿠, 진짜 호희가 맞네. 꽤 미인이야!"

"저롱[30] 안에 들어가 있어 제대로 보이지도 않구먼, 뭘 보고 미인이라 그런대?"

"피부가 하얗잖아. 게다가 저 머리카락 색깔도 봐, 우리 대당 여자들과는 완전 딴판이구먼!"

사정을 모르는 어떤 이가 물었다. "다들 무슨 얘기를 하고 있는 겁니까? 왜 저 호희를 침당[31] 시키려는 거죠?"

"호희가 돈 많은 거상한테 엄청난 선물을 받았는데, 선물을 받기만 하고 토하질 않는다지 뭡니까. 그래서 상대가 화가 나서 사람을 고용해 여자를 납치했다네요. 저롱에 넣어 연못에 빠뜨리려고 말이에요!"

확실히 거상은 거상인 모양이었다. 십여 명의 사람들이 온 동네방네를 다니며 북을 치고 징을 울렸다. 얼마 지나지 않아 감천수 일대 돌다리는 몰려든 사람들로 발 디딜

---

30 대나무 살로 만든 통.

31 중죄인을 대나무 살로 만든 통 안에 넣고 물에 빠뜨려 익사시키는 형벌.

틈이 없었다.

5월 날씨는 벌써부터 더워지기 시작해 사람마다 땀을 비 오듯 흘렸다. 일부 스스럼없는 사람들은 옷섶을 풀고 필사적으로 부채를 부쳤다.

하지만 이 가운데 유독 한 남자만은 두봉[32]으로 몸을 꽁꽁 여미고, 심지어 얼굴도 모자로 반이나 가려 모습을 완전히 감추고 있었다.

돌다리 옆에 위치한 주루의 2층 난간에서는 황재하와 이서백, 주자진이 아래 모인 군중을 관찰하고 있었다. 과연 두봉을 걸친 수상한 남자가 한눈에 들어왔다.

주자진이 난간을 치며 흥분한 목소리로 말했다. "왔어, 왔어. 체격을 보니 경해 대정이 확실해! 뱀을 동굴 밖으로 유인하는 계책이 과연 먹혀들었어!"

여동생이 침당을 당하게 됐으니 본인이 어떤 처지에 있든 와볼 수밖에 없을 터였다. 구해줄 수는 없다 할지라도 나 몰라라 혼자 숨어 있을 수만은 없었을 테니 말이다.

이서백이 돌아서며 옆에 있던 시위병에게 눈짓했다.

얼마 지나지 않아 아역 한 무리가 현장을 에워쌌고, 곧

---

32 소매 없는 외투로 긴 망토와 유사.

이어 관군의 날카로운 소리가 들렸다. "모두들 흩어지시오! 백주대낮에 감히 사사로이 형을 집행해 사람을 죽이려 하다니, 국법이 무섭지도 않은가! 또 다시 이곳을 둘러싸는 자가 있으면, 풍기 문란죄로 다스릴 줄 아시오!"

아역들이 나타나자 제대로 구경하기는 글렀다 싶었는지, 다리 위에 모여들었던 사람들이 금세 뿔뿔이 흩어지기 시작했다.

다리 근처에 있던 사람들도 떠밀려 자리를 떠나자, 주위에는 이내 사람이 얼마 남지 않았다. 간우가 옥성반 무리를 이끌고 와서는 저롱을 힘껏 열어 안에 있던 노부국을 구해냈다.

저롱 밖으로 발을 내딛던 노부국은 대나무 살에 발이 걸려 순간적으로 휘청거렸다.

그때 노부국 옆에 있던 옥성반 소녀가 황급히 허리를 끌어안아 부축해주려 했으나 소녀의 팔이 닿자마자 노부국이 짧은 비명을 지르며 허리를 가렸다. 그러고는 소녀를 노려보며 소리쳤다. "뭐 하는 거야?"

"전…… 전 그저 부축해주려고……." 소녀는 겁에 질린 듯 팔을 든 그대로 꼼짝도 않고 있었다.

"너…… 허리를 꺾어 죽일 셈이야!" 노부국은 고함을

치다가 간우를 발견하고는 그 즉시 사랑스럽고 애처로운 자태로 간우의 손을 잡아끌며 크게 울기 시작했다. "반주, 제가 살 수가 없습니다! 이런 망신을 당했으니, 이제 누가 저를 연회에 청하겠습니까!"

"울지 말거라, 울지 마⋯⋯." 간우가 황급히 노부국의 등을 토닥이며 위로했다. "제전이 바로 오늘 밤인데, 울다가 목이라도 상하면 어쩌려고 그래?"

"흑흑⋯⋯." 노부국에게도 이번 제전은 굉장히 중요했는지 금세 목소리를 줄여 흐느끼듯 가볍게 울었다. 그렇게 노부국은 눈물을 훔치며 간우에게 몸을 기댄 채 비틀거리며 돌아갔다.

그 눈물 젖은 장면을 주루 위에서 내려다보고 있던 황재하는 손을 올려 자신의 허리 부분을 만지작거렸다.

이서백이 그 모습을 보고 물었다. "너도 눈치챘느냐?"

"네. 왕 장군께 위치를 다시 한 번 확인해보면 좋을 듯합니다."

황재하와 이서백이 대화를 나누는 사이, 아래쪽에서는 또 한 번 소동이 일어났다. 드문드문 보이는 사람들 사이로 갑자기 아역들이 질서 있게 달려가 두봉 걸친 남자를 붙잡아 두봉을 벗겼다.

남자는 체격이 컸으나 부상을 입은 탓인지 단숨에 바닥에 내동댕이쳐지며 정체를 드러냈다. 경해였다.

경해는 아관들에게 끌려가는 상황에서도 여전히 시선은 돌다리 쪽을 향해 있었다.

돌다리 근처에서는 간우가 노부국을 달래며 마차에 부축해 태우던 참이었다.

거기까지 지켜본 경해는 이를 악물고 고개를 돌렸다. 그러고는 정말 그저 구경 나온 사람인 척, 아역들이 끌고 가는 대로 고분고분 따랐다.

경해는 충의군 사람이어서 사주 관청에서는 그를 심리할 권한이 없었다. 그래서 충의군 군영으로 끌려가 군법에 따라 처분을 받아야 했다.

왕온이 없으니 부장군 곽무덕이 임시로 군법 업무를 맡았고, 군영 내 관원들이 직급을 막론하고 모두 모였다. 최순잠은 며칠 꼼짝 않고 누워 있은 덕에 조금은 기력을 회복한 상태였다. 동료를 죽이고 왕온에게 누명을 씌운 범인이 잡혔다는 소리를 듣고 즉시 삼법사 관원들과 함께 참석해 사건의 경과를 물었다.

이서백은 고생한 최순잠을 치하한 뒤, 경해를 바로 심

문해야 할지 황재하와 상의했다.

"현재 경해 대정이 탕천 대정을 살해한 증거는 확보되었지만, 거안 주사 살해 사건에 관해서는 그저 윤곽만 잡혔을 뿐, 아직 많은 부분이 명확하지 않습니다……. 이 두 사건은 숨겨진 내막이 있을 뿐 아니라, 사주 자사와 충의군 간의 세력 다툼과도 관계가 있습니다. 만약 여기서 급박하게 경해 대정의 죄를 언도하고 끝을 맺는다면, 숲을 건드려 뱀이 도망치게 만드는 결과를 낳지 않을까 저어됩니다. 게다가 거안 주사 사건은 자칫 조사 자체를 그르치게 돼 사건 해결도 못하고 끝이 날 수도 있을 듯합니다."

잠시 생각에 잠겼던 이서백이 천천히 입을 뗐다. "그럼, 일단 왕온을 먼저 만나보는 것이 어떻겠느냐. 왕온과 상의해보고 어찌할지 결정하도록 하지. 왕온은 이 두 사건의 가장 주요한 용의자이자 증인이며, 피해자이기도 하니 말이다."

왕온은 이제 손을 짚고 몸을 일으켜 앉을 정도로는 회복한 상태였다. 황재하 일행이 찾아갔을 때는 마침 베개에 몸을 기대 앉은 채 탕약을 마시고 있었다.

주자진이 흥분해서 달려가 그날 경해에 관해 알게 된

것들을 한바탕 들려주었다. 그러고는 왕온에게 물었다.

"온지 형님, 이제 두 사건 다 어느 정도 윤곽이 잡혔어요. 거안 주사는 응당 구 자사가 탕천 대정에게 죽이라 지시했을 테고, 탕천 대정은 필시 경해가 죽였을 겁니다. 형님은 이제 곧 누명을 벗게 될 텐데, 그럼 다시 충의군 군영으로 돌아가는 겁니까?"

가만히 듣고 있던 왕온은 탕약을 마저 마신 뒤 자진에게 그릇을 건네고는 고개를 들어 황재하를 보며 물었다. "사건이 이미 해결된 것이오?"

"아니요, 아직입니다." 황재하가 살짝 미간을 찡그리며 말했다. "여전히 중요한 대목이 해결되지 않았습니다. 두 사건은 같은 시간에 발생했지요. 범인이 살인을 저지르던 그때, 양쪽에서 모두 삼경 북소리가 울렸습니다. 만약 구 자사가 노부국을 미끼로 탕천 대정에게 거안 주사를 죽이라 지시했고, 정말 탕천 대정이 그리했다면, 어떻게 같은 시각 주막에서 경해 대정에게 죽임을 당했을까요?"

주자진이 머리를 긁적이며 괴로운 듯이 말했다. "그러니까 결국 사건이 다시 원점으로 돌아온 거네. 예전처럼 똑같이 한 사람이지만, 지금은 탕천으로 바뀐 것일 뿐. 탕천 대정은 거안 주사를 죽인 범인인 동시에, 경해 대정에게 살해당한 피해자가 된 거야. 어떻게 같은 시간에 벌어진 두 사건에 한 사람이 동시에 나타날 수 있지?"

"당연히 불가능한 일이겠죠. 그래서 유일한 가능성은…… 거안 주사를 죽인 사람이 탕천 대정이 아니거나, 탕천 대정이 죽은 시간이 삼경이 아니거나, 둘 중 하나일 거예요."

주자진이 침대 모서리를 탁 치며 말했다. "이왕 이렇게 사건이 복잡하게 흘러간다면, 차라리 구 자사를 불러내 경해 대정과 대질을 시키는 게 낫겠어. 그럼 분명히 말이 맞지 않는 부분이 있을 테니, 바로 해결되지 않겠어?"

이서백이 담담한 어조로 말했다. "구승운은 한 주를 대표하는 장관이다. 현재 사주에서 대단한 권력을 지닌 인물인데 우리가 소환한다고 쉽게 소환될 성싶으냐? 일격에 무너뜨릴 수 있는 확실한 증거 없이는 절대 경거망동해서는 안 될 것이야."

주자진이 더욱 더 괴로운 얼굴을 하며 말했다. "그럼 어떡합니까? 온지 형님을 해친 사람이 구 자사인 것이 확실한데 증거가 없다고 아무것도 할 수 없단 말입니까? 분명 구 자사가 누군가를 거안 사신으로 변장시켜 왕 형을 골목 안으로 유인했을 겁니다. 그러고서 골목 안에서 수를 쓴 거지요! 어쨌든 그곳이 관아의 뒷문 아닙니까. 안에서 사다리를 세워놓고 시신을 밖으로 떨어뜨리면 되는 일인데, 뭐가 어렵겠습니까!"

왕온이 고개를 저었다. "아니, 그날 밤 거안 사신들이 떠날 때 자사부 밖까지 구 자사와 내가 직접 그들을 배웅했다. 손님들은 이경[33]이 되기 전에 모두 돌아갔고, 자사부 안에 남은 사람은 충의군 사람들 말고는 아무도 없었어. 나는 일전에 남겨놓은 충의군 관련 업무가 있어, 구 자사와 논의하다 삼경이 가까워서야 자사부를 나왔고. 거안 사신들이 떠나는 것을 내 눈으로 직접 봤는데, 구 자사가 어찌 그들을 죽여 관아에 보관해두었다가 담장 밖으로 던져 나를 모해하겠어. 그리고 그날 내가 만난 거안 주사는, 불빛이 어둡긴 해도 확실히 코가 높고 눈이 움푹 들어간 얼굴이었다. 몸에서 난 짙은 향도 그렇지만, 특히 발음과 말투를 떠올리면 절대 가짜로 변장한 사람은 아니었어. 감히 확신컨대 그자는 진짜 거안 사람이었다."

"아무튼 여전히 의문투성이네요." 황재하는 비녀를 뽑아 탁자 위에 그림을 그리며 정리해 나갔다. 성 안과 밖,

---

33 밤 9시에서 11시 사이.

각기 다른 두 곳에서 삼경에 동시에 일어난 두 사건은 관련이 있어 보이지만, 시간적으로는 서로 충돌하고 있다. 도대체 어떻게 연결된 사건일까.

골목 안을 가득 채웠던 용혈천향은 분명 다른 이유가 있었을 것이다.

칼로 마구 헤집어놓은 거안 주사의 얼굴 역시 분명 이유가 있었을 것이다.

왕온의 정신이 혼미해진 그때, 도대체 무슨 일이 일어났으며 상대는 혼절한 왕온을 어떻게 다른 곳으로 옮긴 것일까.

골목 안에서 칼을 들고 나오던 왕온은 필시 왕온으로 변장한 사람일 것이다. 하지만 그자가 대체 어디서 나타났단 말인가. 그 좁은 골목 안에서 가짜 왕온은 어디에서 왔으며, 진짜 왕온은 또 어디로 사라졌단 말인가.

황재하는 문득 생각난 것이 있어 곧바로 비녀를 멈추고 왕온에게 물었다. "그날 밤, 칼을 지니고 계셨나요?"

왕온이 고개를 끄덕였다. "청애를 가져갔다가, 연회 자리에는 무기를 지닐 수 없어 말과 함께 문지기에게 맡겼고, 연회가 끝난 뒤 당연히 칼과 말을 챙겨서 나왔소."

"하지만 말안장 가장자리에 칼을 거는 고리가 달려 있

지 않습니까. 그렇다면 말에서 내려 거안 사신과 함께 골목으로 들어갈 때는 안장에 걸어둔 칼을 굳이 들고 가진 않았을 것 아닙니까?"

왕온은 잠시 생각하더니 눈을 휘둥그레 떴다. "맞소! 내가 골목을 들어갈 때 청애는 여전히 말안장 옆에 걸려 있었소. 내 손에는 등롱만 들려 있었지, 칼은 없었소!"

주자진이 놀라서 팔짝 뛰었다. "그러면 청애를 들고 골목 안에서 나온 그 왕온은, 그 칼은, 대체 어디서 생겨났단 말이에요?"

"어디서 생겨났는지 알겠어요." 황재하가 이마를 짚으며 미간을 찌푸렸다. "범인이 누구인지, 범행을 어떻게 저질렀는지도 알겠어요. 다만 아직도 이해되지 않는 것은, 범행 동기예요……."

주자진이 황재하를 노려보며 입가를 파르르 떨었다. "숭고, 너 또 시작이야! 왜 항상 내 머리는 안개로 가득한데 넌 이미 모든 걸 알겠다고 말하는 거야!"

"아니요, 모든 건 아니에요. 범인에게…… 범행 동기가 부족해요." 황재하가 고개를 저으며 중얼거렸다. "말이 안 돼요. 그들 남매에게는 분명 좋은 일인데, 왜 두 사람이 그런 선택을 했는지 이해가 되지 않아요."

"동기가 없다라……. 혹 우리가 범인을 폭로해버리면 그때는 그들이 충분한 동기를 알려주지 않겠느냐." 줄곧 옆에서 듣기만 하던 이서백이 그제야 담담한 어조로 입을 열었다. "지금 드러난 것들로 결론짓는 것이 최선의 결과를 이끌어 낼 수도 있을 것이다."

이서백의 말을 들으며 세 사람은 침묵에 잠겼다.

맞는 말이었다. 지금 이대로 사건을 종결시키는 것도 충분히 가능했다. 왕온은 두 사건의 살인 혐의를 말끔히 씻었고, 구 자사는 살인을 사주한 것이 확실해졌다. 탕천은 이미 죽었고, 경해는 처결될 것이었다. 이것으로 완벽하게 사건을 종결시킬 수 있었다. 아무도 이 일에 의문을 제기할 사람은 없을 것이다.

주자진은 옆에서 알 듯 말 듯한 표정으로 그들을 바라보며 물었다. "그러니까 우리가 경해 대정의 심문을 준비하면 구 자사까지 넝쿨째로 굴러 들어온다는 거죠? 그래서 우리가 원하는 결과를 얻을 수 있게 되고요?"

이서백은 말없이 황재하를 바라보았다.

황재하는 한참을 생각에 잠겨 있다가 천천히 고개를 끄덕이며 말했다. "경해 대정을 심문하면서 구 자사에게 압박을 가해 반드시 우리가 원하는 내용을 얻어내야 해요.

하지만 어찌됐건, 우리가 밝혀낸 진실에서 크게 벗어나지는 않을 거예요."

왕온은 중상에서 아직 회복되지 않은 상태였기에 황재하는 그에게 안심하고 잘 쉬라고 당부한 뒤 마지막으로 일어나 나갔다.

황재하가 막 문을 닫으려는데 왕온의 작은 목소리가 들려왔다. "재하, 고맙소."

황재하는 잠시 멈칫했다가 뒤를 돌아보았다. 왕온이 침대 머리맡에 몸을 기댄 채 황재하를 바라보고 있었다. 낯빛은 창백했고 칠흑같이 검은 두 눈은 부드러우면서도 왠지 슬픔이 엿보였다.

황재하는 시선을 내려뜨리며 서둘러 대답했다. "아닙니다, 어찌 그런 말씀을." 그러고는 조용히 방문을 닫아주었다.

황재하가 몸을 돌리니 이서백이 복도에 서서 황재하를 보고 있었다. 웃는 듯 마는 듯한 이서백의 표정에 황재하는 괜히 마음 한구석이 뜨끔해 이서백의 시선을 피하듯 고개를 돌리며 낮은 소리로 물었다. "왜 그러십니까?"

"왜 그럴까?" 이서백이 황재하에게 바짝 다가가 귓가에 대고 웃음기 섞인 목소리로 나지막이 말했다. 이어진 그의 말은 황재하의 두 볼을 뜨겁게 달아오르게 하기에 충분했다. "왕비 전하, 진짜 이대로 사건을 종결시키고 즉시 장안으로 돌아간다면, 원래 정한 혼례날까지 충분히 당도할 수 있을 듯한데, 우리 왕비 전하 생각은 어떠신지요?"

황재하는 저도 모르게 발갛게 물든 뺨을 손으로 가리고는 곤혹스러운 목소리로 말했다. "하…… 하지만 전하, 설마 사건을 그냥 이렇게 되는 대로 끝내시려는 건 아니겠지요?"

"끝내면 또 어떻고. 이의를 제기할 사람이 누가 있겠느냐?" 이서백이 가벼운 어조로 반문했다.

"제가…… 제가 이의를 제기할 거예요. 먼 길도 마다않고 여기까지 왔는데 어떻게 끝까지 파헤치지 않고 그냥 돌아갈 수 있겠어요?" 황재하는 고개를 들어 이서백을 보았으나 아무럼 어떻느냐는 듯한 그의 표정에 고집스럽게 한마디 덧붙였다. "만약 진실을 밝히지 못한다면 앞으로 평생 이 사건이 마음에 남아, 목숨이 끊어지는 순간까지 마음이 편치 않을 거예요."

이서백은 꼼짝도 않고 황재하를 뚫어져라 쳐다보았다. 부용처럼 밝고 환한 얼굴과 이슬처럼 빛나는 두 눈에 저도 모르게 가슴이 뛰었다.

'이토록 아리따운 여인이, 어쩜 이리도 완강한 것인지.'

하지만 이처럼 완강한 여인이 아니었다면, 세상사로 차갑게 굳은 그의 가슴을 녹이고 기어이 그의 인생 속으로 뛰어들 수 있었겠는가.

이서백은 어쩔 수 없다는 듯 한숨을 내쉬고는 황재하의 귀밑머리를 가볍게 어루만지며 나지막이 말했다. "알았다. 네가 이미 그리 마음을 먹었는데 내가 어찌 반대할 수 있겠느냐. 어쨌든 흠천감에서 원래 정한 날짜가 길하지 않다고 이미 공포를 했으니, 지금 돌아가더라도 혼례는 미룰 수밖에 없을 것이다."

"네." 황재하는 고개를 들어 이서백의 진지한 표정을 보며 고개를 살짝 끄덕였다.

"사실 나도 기다리고 있는 것이 있다. 기다리는 것의 결과가 이 사건에 도움이 될지는 모르겠다만." 이서백이 하늘을 올려다보며 말을 이었다. "위수 촌락에 사람을 보냈다. 경해 모친의 초상화를 가지고 당시 모친이 재가했다던 집을 찾아보게 했는데, 예상대로라면 돌아올 때가 된 듯하구나."

황재하가 고개를 끄덕이며 말했다. "그렇네요. 경해 대정의 모친이 재가할 때 두 남매를 데리고 갔다고 하셨잖아요. 경해 대정의 여동생 노부국은 이미 나타났는데, 그럼 혹 남동생도 이 사건과 관련 있는 것은 아닐까요?"

"내가 볼 때 분명 그럴 것 같구나. 경해와 노부국, 두 사람의 과거를 알아보면 확실히 도움이 될 게다."

황재하는 이서백을 바라보며 문득 입술을 깨물고 웃었다. "전하, 절 속이셨네요."

이서백이 살짝 눈썹을 치켜올리며 황재하를 보았다.

황재하가 싱긋이 웃으며 턱을 치켜들었다. "말씀은 빨리 돌아가자고 하셨지만 실은…… 노부국을 조사하기 위해 진즉에 사람을 보내시고, 심지어 초조한 마음으로 결과를 기다리고 있으셨잖아요. 그러니까 아까 그 말은 그냥 절 놀리려 하신 말씀이죠?"

이서백은 짐짓 노여워하는 황재하를 내려다보며, 절로 얼굴에 미소가 지어졌다. 살짝 붉어진 황재하의 뺨이 어찌나 사랑스러운지 이서백은 자기도 모르게 손을 들어 황재하의 볼을 어루만졌다. "사실 나는……."

아쉽게도 말을 꺼내기도 전에 역참 앞마당에서 시끄러운 말발굽 소리가 들려왔다. 곧이어 누군가 급히 뛰어 들어왔다.

이서백은 황재하의 얼굴에 닿아 있던 손을 거두며 멋쩍어했다.

황재하도 무의식적으로 고개를 돌렸다. 양 볼이 화끈거렸다.

급히 뛰어온 사람은 노부국의 정보를 캐러 갔던 자였다. 그는 복도에 서 있던 이서백을 보자마자 즉시 손에 든 문서를 두 손으로 들어 올리며 보고했다. "노부국의 행적을 조사하는 중에 수확이 있어 다행히 분부하신 명을 완수하고 돌아왔습니다."

문서를 펼쳐 훑어보던 이서백의 얼굴에 의아한 빛이 드리웠다. 이서백이 문서를 황재하에게 건넸다. "한번 보거라. 과연 조사한 것이 쓸모가 있겠구나."

문서를 받아 내용을 확인하던 황재하는 뜻밖의 사실에 눈을 휘둥그레 떴다. "경해 대정의 여동생 노부국이 열한 살에…… 요절했다고요?"

"그래. 경해 대정의 모친이 그 일 때문에 크게 충격을 받아 광증으로 얼마 있지 않아 세상을 떴다는구나."

"그럼……." 황재하는 문서를 꼭 붙잡은 채 천천히 물었다. "지금 무라야한나가 노부국이 아니면 누구라는 거죠?"

이서백이 담담하게 대답했다. "노부국을 사칭하고, 경

해 모친과 외모가 닮았으며, 경해가 한눈에 알아볼 수 있었던 사람. 생각해보거라, 누구이겠는지."

황재하는 아무 말도 하지 않았다. 사실 이서백이 말하지 않아도 이미 거기까지 생각이 닿아 있었다.

"그래서……." 황재하는 한참이 지나서야 겨우 입을 열어 조용히 말을 이었다. "범행 동기를 찾았어요."

"그래. 두 사람이 모든 것을 제쳐두고 불구덩이로 뛰어들 만한 충분한 이유를 찾았구나."

관리가 소홀한 탓에 조금은 황폐해진 역참의 정원을 이서백과 황재하는 한동안 말없이 바라보았다.

이서백이 담담한 어조로 입을 열었다. "이제 모든 진상이 밝혀졌으니, 이번 사건도 종결된 것이냐?"

"네." 황재하가 나지막한 소리로 말했다. "이 사건은 이미 종결됐습니다."

8화

불광대전

끊임없이 이어진 높고 낮은 모래언덕을 따라 서쪽으로 향하니 광활하게 펼쳐진 고비사막 한가운데 녹지가 나타났다. 멀리 벼랑 위로 수없이 많은 동굴이 보였고, 그 속에 새겨진 불상들이 어렴풋이 모습을 드러냈다. 가까이 갈수록 불상들의 거대함이 느껴졌다. 중생을 굽어보는 듯한 대불(大佛)의 자태가 장엄하기 그지없었다.

황재하는 눈앞에 높게 솟은 벼랑을 올려다보며 동굴에 조각된 엄청난 규모의 불상에 압도된 듯 잠시 숨을 멈추었다. 푸르고 누르스름한 절벽 위로 크고 작은 동굴이 수없이 뚫려 있었는데, 동굴 안 불상과 벽화가 언뜻언뜻 보일 때마다, 누런 배경 위로 찬란한 꽃이 핀 듯했다.

동굴을 파고 불상을 만드는 일은 멈추지 않고 계속되어, 여전히 수많은 동굴 앞에 지지대가 놓여 있고 그 위에서 장인들이 분주하게 움직였다. 오가는 승려와 신도들은 하나의 대불 아래서 정성스레 참배를 올린 뒤 그다음 동굴로 향했다.

이날 낙성식을 올리는 불상은 자사 구승운이 동향(同鄉)의 저명한 부호 여럿과 같이 헌납하여 만든 것이었다. 기왕도 참관하러 온다는 소식에, 자사를 포함한 많은 사람들이 기뻐서 어쩔 줄을 몰랐다. 구승운은 경사스러운 일을 맞이한 까닭도 있지만, 기왕과 동향들 앞에서 잘 보이면 인맥을 늘릴 수 있는 절호의 기회가 되겠다 싶어 유독 더 활기가 넘쳤다.

길시[34]가 이르자 이서백은 요청에 따라 동굴 앞으로 가서, 불가 소리가 들리는 가운데 혜명 대사와 함께 동굴을 덮고 있던 붉은 천을 걷어냈다. 새 불상이 그 모습을 드러냈다. 동굴 안은 흙이 무른 까닭에 그것으로 바로 불상을 만들어낼 수는 없어서, 나무로 골격을 만든 뒤 그 위에 흙

---

34 길한 시각이나 때.

을 붙여 만들었다. 다섯 장 높이의 동굴 안에 여래좌상이 모셔져 있고, 그 주위로는 금빛 나한들이 늘어서 있었다. 동굴 벽에는 하늘을 나는 선녀들이 과장스러울 정도로 화려하게 그려져 있었다.

지켜보는 이들 모두 감탄을 금치 못했다. 예불을 마치자 음악 소리가 들려왔다. 동굴 밖에 있던 악단이 연주를 시작한 것이다. 이서백이 무리를 이끌고 밖으로 나오니 광활하게 펼쳐진 모랫바닥 위에 무대와 장막이 세워져 있었다. 얇고 가벼운 복장의 무희들이 벽화 속 하늘을 나는 예인처럼 단장한 채 노래도 하고 바람처럼 사뿐히 춤도 추었다. 온통 화려하고 흥겨운 분위기로 가득한 가운데 이서백은 장막 앞에 마련된 자리로 안내되어 가서 앉았다. 술과 과일이 준비되어 있었다. 무대 옆에서 매무새를 정리하는 노부국을 발견한 이서백은 황재하에게 술잔을 들어 보이며 살짝 미소를 지었다.

황재하는 이서백의 뜻을 알아차리고 그의 손에서 술잔을 건네받아 노부국 쪽으로 다가갔다.

무대 옆에서 대기하고 있던 노부국은 옷매무새를 가다듬으며 현악기 소리에 따라 자유롭게 몸을 살랑이고 노래도 흥얼거렸다. 제법 흥이 오른 표정이었다. 황재하가 곁을 지날 때 노부국이 무심코 몸을 흔들다 황재하 손에 들린 술잔을 치는 바람에 잔에 담긴 서역 포도주가 노부국의 몸으로 쏟아졌다.

"어머, 죄송해요, 무라야한나……." 황재하는 황급히 사과하며 손을 뻗어 노부국의 옷 위로 쏟아진 포도주를 털었지만 검붉은 포도주가 이미 그녀의 옅은 색 옷을 물들여놓았다. 앞섶에 붉은 술 자국이 선명했다.

황재하가 노부국의 옷을 쳐다보며 짐짓 어쩔 줄 몰라 하자, 뒤에서 주자진이 다가와 물었다. "무슨 일이야? 아이고…… 옷이 어쩌다 이 모양이 됐대? 어서 가서 갈아입어요."

노부국은 옷섶을 잡아당기며 입을 삐죽 내밀고 성 난 목소리로 말했다. "양 공공, 어찌 그리 조심성이 없으십니까? 이 옷은 오늘 무대를 위해 특별히 새로 해 입은 옷이란 말입니다. 제가 양관삼첩에서 삼첩을 맡아 무대에 오르는 것은 처음이라고요. 삼첩을 부를 수 있는 사람은 우리 가무단의 꽃이나 마찬가지인데, 스승님이 제게 양보해주신 거란 말이에요. 오늘 무대가 제게 얼마나 큰 의미인지 알기나 하십니까!"

"정말 죄송해요……. 같이 반주께 가서 갈아입을 옷이

없는지 물어보도록 해요." 황재하가 노부국의 소매를 잡아 끌어 무대 뒤편으로 가서 간우를 찾았다.

간우는 극단 쪽 무대 뒤에서 당부의 말을 하고 있었다. "모두들 정신 바짝 차리고 한번 열심히 해보자꾸나. 오늘 대전은 다른 무대와는 비할 수 없이 큰 무대이니, 어느 한 사람 어물쩍 넘어가거나, 그저 머릿수만 채우고 묻어갈 생각은 하지 말아야 할 것이야."

말을 마치고 고개를 돌린 간우는 자랑스러운 제자의 옷이 더러워진 것을 보고 순간 미간을 잔뜩 찌푸렸다. 천상의 소리처럼 구성진 간우의 목소리도 이때는 떨릴 수밖에 없었다. "무라야한나, 이게 어찌 된 일이야? 이 꼴을 하고 어떻게 무대에 올라?"

노부국이 성을 내며 말했다. "양 공공이 조심성 없이 제옷을 이렇게 만들어버렸지 뭐예요. 반주가 어서 갈아입을옷 좀 구해주세요!"

간우도 난처하다는 듯이 말했다. "다들 자기 옷 말고는 챙겨 오지 않았는데 이를 어쩐단 말이냐."

응석부리는 것이 익숙한 듯 노부국이 떼를 썼다. "그럼 다른 사람 옷이라도 제게 주세요!"

"우리 옥성반에서 네가 몸집이 제일 큰데, 다른 사람 옷을 입을 수나 있겠어?" 간우가 한숨을 쉬며 고개를 돌려 무리에게 물었다. "혹 너희들 중 헐렁한 옷을 가져온 이가 있느냐?"

몇몇 무희들이 대답하고 나섰다. "여기는 옷을 갈아입기가 편치 않아 저희 모두 무의(舞衣)를 입은 채로 바로 왔습니다."

노부국은 발을 동동 굴렸다. "그럼 어떡해요! 설마 이대로 입고 무대에 오르라는 건 아니겠죠?"

황재하가 옆에서 입을 열었다. "마침 제가 여벌로 챙겨 온 옷이 하나 있는데, 그거라도 한번 입어보시겠어요?"

노부국이 입을 삐죽 내밀었다. "늘 공공 복장만 하고 다니면서, 내게 어울리는 옷이 그쪽에게 있을 리가 있어요?"

"무라!" 간우가 큰 소리로 꾸짖고는 다시 황재하를 향해 웃으며 말했다. "죄송합니다. 얘가 이렇게 버릇이 없습니다. 양 공공께서 어떤 옷을 가지고 오셨는지 봐도 되겠습니까?"

황재하가 주자진에게 눈짓을 보내자 주자진이 얼른 다가왔다. "아, 어, 여기." 주자진은 괴상한 표정을 지으며 몸에 지니고 있던 보따리에서 짙은 자색 옷을 꺼내 펼쳐 보였다.

순간 사람들의 눈이 번쩍 뜨였다. 핏빛 저녁노을을 닮은 비단으로 활짝 피어난 화려한 장미꽃을 보는 듯했다. 이국의 남장에서나 볼 법한 커다란 옷깃이 유난히 시선을 끌었다.

노부국은 기분이 좋아져 단숨에 옷을 가져가며 말했다. "알았어요, 알았어. 그럼 이만 그쪽을 용서하죠. 옷 갈아입고 올게요."

황재하가 웃으며 노부국에게 말했다. "이 옷은 입기가 조금 복잡합니다. 뒤에 끈도 있어서 혼자서는 입지 못할 거예요. 제가 도와드리겠습니다."

"괜찮아요. 팔이 이렇게 긴데 등에 있는 끈 하나 혼자서 묶지 못할까 봐요?" 노부국은 그렇게 말하며 옷을 품에 끌어안고 옆에 마련된 조그만 공간으로 들어갔다.

황재하가 노부국의 뒷모습을 보며 잠시 생각에 빠져 있는데, 간우가 황급히 해명했다. "쟤가 성격이 저래요, 글쎄. 옷을 갈아입든 목욕을 하든, 지금껏 사람을 곁에 둔 적이 없어요."

지난번에 황재하에게 손수건을 건넸던 소녀가 옆에서 말을 보탰다. "그러니까요. 저번에 제가 실수로 문을 열었더니 등을 돌리고 옷을 갈아입더라고요. 저도 당황해서 얼른 밖으로 나왔는데, 무라가 옷을 다 입고 나와서는 저한테 얼마나 지독하게 욕을 했는지 몰라요. 참나, 이국 사람이 뭐 그 정도로 대단하답니까? 다 똑같은 여자인데, 무라가 있으면 나도 다 있는 것을! 내가 못 볼 게 뭐가 있다고!"

소녀가 투덜거리는 소리를 들으며 황재하와 주자진은 서로 눈을 마주쳤다. 두 사람은 서로의 얼굴에서 의미심장한 표정을 보았다. 황재하는 주자진을 향해 눈을 깜빡였다. 그러고는 이내 고개를 돌려 옷을 입고 나온 노부국을 보았다.

또렷한 이목구비에 농염한 화장을 하고, 새빨간 노을에 물든 구름 같은 화려한 옷을 입으니 한층 더 매혹적이었다.

하지만 다들 노부국을 바라보며 아무 말도 하지 못했다.

비록 색이 화려하고 매혹적인 옷이긴 했으나, 어쨌거나 남자 옷이었다. 게다가 어깨가 넓고 허리가 좁아 보이게 하는 서역의 남장이었다. 한데 노부국이 입으니 유난히 잘 어울리는 것이, 실수로 남자가 화려한 색 옷을 입은 것처럼 느껴졌지, 여자가 남자 옷을 입은 것 같지는 않았다.

사람들이 모두 이상한 눈초리로 바라보자, 노부국은 당

황하며 고개를 숙여 자신의 옷을 내려다보았다. 그러고는 주저하듯 한 발짝 뒤로 물러서더니 이내 몸을 돌려 재빨리 그곳을 벗어나려 했다.

"노부평, 어디 가시는 거죠?"

황재하의 목소리가 그의 뒤에서 차갑게 울렸다.

그는 무의식적으로 걸음을 멈췄다. 주자진이 이미 앞을 가로막고 있어, 하는 수 없이 천천히 돌아섰다. 지금까지와는 전혀 다른 표정의 황재하를 마주한 그는 당혹감을 애써 감춘 채 웃으며 물었다. "뭐라고요? 방금 누굴 부른 거죠?"

"노부평을 불렀습니다. 경해 대정의 남동생이자, 노부국의 쌍둥이 오라버니, 노부평이요." 황재하가 담담하게 말을 이었다. "여동생이 죽자 모친께서 광증에 빠지셨죠. 그래서 노부평은 자주 자신과 닮은 여동생 노부국 흉내를 내며 모친을 위로해드렸겠지요."

사람들은 모두 영문을 몰라 어리둥절한 표정을 지었다. 노부국이든, 노부평이든, 다 낯선 이름이었다. 옆에 있던 소녀가 의아한 듯 물었다. "양 공공, 지금 무라야한나에게 무슨 말씀을 하시는 겁니까?"

간우는 옥성반의 기둥 같은 존재인 무라야한나의 원래

이름이 노부국인 것이 탄로날까 봐 황급히 황재하의 팔을 붙잡고 말했다. "양 공공, 무슨 일이 있는 것이면 일단 안으로 들어가 얘기하시죠. 사람이 많으면 말도 많아지니, 여긴 얘기를 나누기 그리 좋은 장소가 아닌 듯합니다."

"네, 저도 그리 생각하던 차였습니다. 그럼 같이……."

줄곧 불안해하던 노부평이 순간 살길이 생겼다 싶었는지, 황재하의 말이 채 끝나기도 전에 돌연 옷자락을 들고 사람들 사이를 헤치며 급히 바깥쪽으로 달아났다.

창졸간에 벌어진 일이라 미처 막을 새도 없었다. 황재하가 정신을 차렸을 때는 이미 노부평이 말을 매어둔 돌기둥까지 달려간 뒤였다. 노부평의 손에서 섬광이 번쩍하더니 말고삐가 끊어졌다. 노부평은 즉시 몸을 날려 말에 올라타 천불동 바깥으로 급히 달아났다.

간우는 깜짝 놀라 넋이 나간 얼굴로 중얼거렸다. "쟤가…… 쟤가 지금 뭐하는 거야?"

황재하는 대답할 시간이 없었다. 말을 매어둔 곳으로 서둘러 뛰어가는데 몇 걸음 만에 누군가의 손에 가로막혔다. 이서백이었다. 이서백은 자리에 그대로 앉은 채로 담담한 목소리로 말했다. "훔쳐 타고 간 말이 디우다."

황재하는 멀리 달려가는 말을 보며 저도 모르게 쓴웃음

을 지었다. "운이 없어도 정말 없네요."

말은 밖으로 100장 거리도 가지 않아 방향을 틀고 다시 돌아왔다. 노부평이 초조하게 고삐를 잡아당기며 말머리를 돌리려 했으나, 안타깝게도 디우는 노부평의 말은 들을 생각도 않고 그저 이서백에게로 곧장 내달렸다.

노부평은 다급한 마음에 허둥지둥 발을 들어 디우의 배를 힘껏 걷어찼다. 방향을 돌려달라는 뜻이었지만 성질이 불같은 디우가 발길질을 어찌 참고 있겠는가. 디우는 긴 울음소리를 내며 곧바로 앞다리를 들고 맹렬하게 등을 흔들었다. 노부평이 그대로 바닥에 내리꽂혔다.

노부평은 고삐를 붙잡고 다시 말 위로 기어오르려 했지만 애석하게도 고삐는 조금 아까 그가 직접 끊어버린 터라, 잡아당기는 순간 바로 손에서 미끄러지듯 빠져나갔다. 모랫바닥에 엎어진 노부평은 디우의 뒷발질이 일으킨 흙먼지를 얼굴 가득 뒤집어쓴 채 분하다는 듯 주먹으로 거세게 땅을 내리쳤다.

이서백 곁에 있던 사병이 가서 노부평을 끌고 왔다.

이서백은 바닥에 엎드린 노부평 앞으로 다가가 그를 내려다보았다.

이서백이 무어라 입을 열기도 전에 갑자기 노부평이 몸

을 벌떡 일으키더니 소매에 숨기고 있던 비수를 이서백을 향해 겨누며 미친 듯이 소리쳤다. "움직이지 마! 누구든 감히 날 잡으려 한다면 내가 이자를……."

노부평의 칼끝이 얼굴에 닿으려는 찰나, 사람들의 놀란 비명 속에서 이서백이 단숨에 노부평의 손목을 제압했다. 손목을 잡아 돌리고 꺾는 사이 노부평의 손목이 탈구되고 비수는 바닥에 떨어졌다. 발끝으로 비수를 차올려 잡아챈 이서백이 곧장 비수를 노부평의 목덜미에 갖다 댔다.

이서백이 깔끔하게 노부평을 제압한 그때, 주위를 지키던 호위들도 칼과 검을 꺼내 들어 노부평의 등을 겨누었다. 기왕의 명령만 떨어지면 수많은 칼이 단숨에 그의 몸을 관통할 것이었다.

옆에서 그 모습을 지켜보던 간우는 가슴이 떨리고 숨이 가빠졌다. 옥성반 인물이 무모하게 겁도 없이 기왕 전하를 해하려 했다. 10년 넘게 심혈을 기울여 일궈낸 옥성반이었다. 그 옥성반이 한 순간에 망하게 생긴 것이다. 간우는 순간 기혈이 솟구치면서 현기증을 느껴 급히 장막 기둥에 몸을 기댔다. 제대로 서 있기도 힘들었다.

이서백은 곁에 있는 수행인에게 노부평을 제압하라 이르고는 섬광이 번뜩이는 비수는 주자진에게 던져주었다.

"증거품이니 잘 챙기거라."

뜻밖의 소동에 너무 놀라 온몸의 힘이 빠진 구승운이 그제야 앞으로 나와 벌벌 떨며 엎드려 빌었다. "소관이 죽을죄를 지었습니다. 소관이 경호에 만전을 기하지 못해 전하를 놀라게 해드렸습니다……."

"이런 사소한 일로 놀랄 것이 뭐가 있는가." 이서백은 무심한 듯 그렇게 내뱉고는 황재하를 보며 물었다. "지금 바로 자객을 심문해보겠느냐?"

황재하는 이서백에게 옅은 미소를 지어 보이며 예를 갖춰 대답했다. "전하께 고합니다. 소인 생각에 이자는 사람들이 모두 보는 앞에서 감히 귀하신 황실 자제를 해하려 하였습니다. 실로 대역부도한 죄가 아닐 수 없습니다. 이자의 내력과 그 배후 세력에 대해 상세히 조사할 수 있도록 전하께 청을 드리옵니다. 이 일과 관련된 사람들을 소집하여 주십시오. 적절한 시기를 놓치지 않고 즉시 사건을 심리하였으면 합니다."

"오, 그래?" 이서백은 황재하와 손발이 척척 맞았다. "구 자사, 이왕 이리 된 일, 사건을 처리할 수 있게 조용한 공간을 하나 마련해주었으면 하네."

구승운은 기왕 앞에서 잘 보이고 싶었으므로 민첩하게 움직였다. 주변에서 가장 큰 사찰 누각을 신속하게 비워냈으며, 충의군 군영에서 경해도 데려왔다.

애초에 왕온 사건을 조사하기 위해 조정에서 파견한 최순잠이 자연히 재판을 맡았다. 최순잠은 돈황에 도착한 후 건강상의 이유로 줄곧 역참에 누워 있었지만, 함께 온 삼법사 관리들이 충의군 군영에서 분주히 조사를 한 덕에, 그 조서만도 10여 무더기나 되었다. 최순잠 앞에 산처럼 쌓인 조서가 장관을 이루었다.

곽무덕 외 충의군 장령들도 물론 재판 현장으로 달려왔다. 기왕 이서백은 대청 한쪽 옆에 자리했고, 황재하와 주자진은 이서백 뒤에 엄숙한 자세로 서 있었다.

경해는 상처가 아직 낫지 않아 낯빛이 창백한 채로 족쇄가 채워진 무거운 발을 끌며 누각 안으로 들어왔다. 그러고는 고개를 들자마자 손발이 묶인 채 한쪽 구석에 웅크리고 있는 노부평을 발견했다. 창백하던 경해의 낯빛이 순간 시퍼렇게 질렸다.

하지만 노부평은 두려운 마음에 몸을 옆으로 틀어버렸다. 감히 경해와 눈을 마주치지도 못했다.

주자진이 그 모습을 보고 노부평을 향해 말했다. "친형

제가 왔는데 인사도 나누지 않는 겁니까?"

그 말에 최순잠이 화들짝 놀라며 두 사람의 용모를 뜯어보다가 앞에 놓인 공문서를 뒤져보았다. 하지만 딱히 도움될 만한 것은 찾지 못해 하는 수 없이 주자진에게 물었다. "주 포두, 경해라는 자는 현재 충의군 소속 병사가 아닌가? 그런데 무라야한나와 친형제라니? 하나는 이국인이고, 또 하나는 대당의 장병인데……."

주자진은 노부평에게 향한 시선을 거두지 않고 최순잠에게 물었다. "최 소경은 두 사람이 조금 닮은 것처럼 보이지 않습니까?"

그때 곽무덕이 자신의 허벅지를 탁 치며 뭔가 깨달은 듯 소리쳤다. "어쩐지! 지난번 구 자사께서 왕 장군께 환영연을 열어주신 날, 주연 자리에서 경해가 저 여인을 뚫어져라 쳐다보더라니! 한시도 눈을 떼지 못하기에 난 또……."

거기까지 말한 곽무덕은 순간 멈칫했다. 아무리 입이 거칠다 해도 기왕 전하 앞에서 '음욕이 활활 타오른 줄 알았다'는 말은 차마 내뱉을 수가 없었다. 그래서 눈을 돌려 노부평을 향해 엄하게 물었다. "그렇다면 너희 두 남매가 연합하여 왕 장군을 모해한 것이냐? 무슨 벌을 받아 마땅한지 알긴 아는 것이야!"

경해는 움츠리고 앉아 있는 노부평을 보며 고집스럽게 말했다. "아닙니다, 연합한 적 없습니다! 전부 제가 혼자 한 일입니다. 저는 여동생이 열 살이던 때에 헤어진 후로는 만난 적이 없는데, 연합이라니요! 절대 그런 적 없습니다!"

"경해 대정이 그간 여동생을 만나지 못한 것은 확실히 사실이겠지요. 하지만 저기 있는 저 사람은 여동생 노부국이 아니지 않습니까." 주자진이 옆에서 큰 소리로 말했다. "왜냐하면 저 사람은 경해 대정의 남동생, 노부평이니까요!"

그 말에 모든 이들이 깜짝 놀랐다. 특히 무라야한나와 교류가 있었던 사람들은 경악을 금치 못했다.

"주 포두, 자네 뭔가 착각한 것 아닌가? 무라야한나는 지금 가장 이름난 예인으로 젊은 세대 중에는 그녀가 최고로 노래를 잘하고, 또 용모도 아름답다고 꼽히는데 어찌…… 어찌 그녀를 남자라 하는 것이야?"

"그러게 말이오. 무라야한나 낭자가 키가 좀 크긴 하지만, 이국인이니 충분히 그럴 수 있지요. 그리고 남자가 어떻게 그리 아름다운 소리를 낼 수 있겠습니까? 그렇게 낭랑하고 매끄러운 소리를 말입니다. 남자 목소리와는 전혀 다르지요!"

"남자인지 아닌지는 옷을 벗겨 증명해 보이면 되지 않겠습니까!" 주자진은 그렇게 말하더니 다짜고짜 노부평 앞으로 다가가 옷을 벗기려 하였다. 노부평은 비명을 지르며 몸을 마구 비틀어 필사적으로 주자진의 손을 피했다.

"자진!" 최순잠이 재판관으로서 서둘러 주자진을 말리고는 헛기침을 했다.

황재하가 이마를 짚으며 입을 열었다. "산파를 데려와 검사해보는 것이 좋겠습니다."

"그리 귀찮은 일을 왜 해. 그냥 바로 옷을 벗기면 확실해질 텐데." 주자진이 다시 노부평에게로 손을 뻗치려는데 갑자기 사람들이 탄성을 내질렀다. 많은 이들이 놀라고 기뻐하며 일제히 입구 쪽으로 몰려갔다.

주자진도 입구 쪽을 돌아보았다. 왕온이 두 병사의 부축을 받으며 들어오고 있었다.

왕온은 중상에서 아직 회복되지 않았기에 안색은 여전히 좋지 않았지만 다른 사람의 부축을 받아 움직이는 데는 무리가 없었다.

충의군 장병들이 금세 왕온 주위를 에워쌌다. 곽무덕은

커다란 두 손으로 왕온의 팔을 붙잡으며 흥분해 외쳤다. "장군, 괜찮으십니까! 드디어 돌아오셨네요!"

왕온은 웃으며 곽무덕의 어깨를 가볍게 토닥였다. "내가 모두에게 걱정을 끼쳤구나. 거안 사람에게 잡혀갔다가 기회를 틈 타 도망쳤다. 다행히 거안 추격병이 사막을 떠도는 마적 떼를 만나면서 겨우 빠져나올 수 있었지. 지금은 몸도 서서히 회복 중이다."

왕온은 단 몇 마디로 자신의 상황을 설명하면서 거안 추격병의 최후에 대해서도 깔끔하게 정리해주었다.

이서백이 일어나 직접 자신의 옆자리로 왕온을 이끌어 앉혔다. 그러고는 사건 심리가 중요하니 더는 노부평의 옷을 가지고 소란 피우지 말라고 주자진에게 경고의 눈짓을 보냈다.

왕온은 여전히 기력이 달리는 듯 보였으나, 표정만은 침착하고 여유로웠다. 왕온이 나지막하지만 평온한 목소리로 경해에게 물었다. "경해 대정, 듣기로 보름 전에 거안 주사가 성안에서 죽은 그날 밤, 내가 주막으로 뛰어들어 탕천 대정을 죽이고, 자네까지 죽이려 했다던데?"

경해가 고개를 들어 왕온을 보았다. 상처에서 전해지는 통증으로 얼굴은 창백했으나, 표정은 다른 어느 때보다 더 차분했다. "그렇습니다. 저의 죄를 잘 알고 있습니다. 저와 탕천은 군인 신분으로 폭음 후 밤새 군영으로 복귀하지 않았으니, 군법에 의해 장군께 처결당하는 것은 마땅한 일입니다."

"하지만 그 시각에 나는 관아에서 막 나오자마자 성안에서 몸을 다쳤다. 그런 내가 어찌 성 밖에 있는 주막까지 가서 사람을 죽일 수 있단 말이냐?"

"그건…… 저도 잘 모르겠습니다. 어쩌면 그날 밤 달빛이 흐려서 제가 사람을 잘못 보았는지도 모르지요……." 경해가 낮은 소리로 말을 이었다. "다만 살인한 자의 칼은 확실히 장군의 것이었습니다. 그래서 장군이라 믿어 의심치 않은 것이고요."

왕온이 다시 물었다. "자네가 정말 무고하다면 왜 사건이 실마리가 잡힐 즈음 돌연 무단으로 군영을 이탈한 것인가?"

"저는 군영을 무단 이탈한 것이 아니라……." 경해는 잠시 멈칫하더니 다시 단호하게 말했다. "탕천의 시신을 수습하고 싶어 나왔을 뿐입니다. 탕천의 고향에 묻어주려고 말입니다."

경해가 그리 말하니 왕온도 더는 캐묻지 않았다. 군에

서는 전우애를 중요히 여겨, 전우의 시신을 수습하는 것은 최고의 덕목이었다. 그런 딱한 사정을 듣고도 상사인 그가 계속 몰아세우는 것은 그리 좋지 않을 터였다.

최순잠도 조금은 누그러진 어조로 경해에게 물었다. "그렇다면 어찌 상관에게 보고하지 않고 독단으로 행동한 것이냐?"

"상처가 다 낫지 않은 상태라 제가 나가는 걸 허락해주지 않을 것 같아서 그랬습니다. 탕천의 시신을 더는 보관하기 어려운 상태라고 들어서 차라리 빨리 그를 묻어주는 게 낫겠다고 생각했습니다. 나중에 돌아와서 처벌을 받을 생각이었습니다. 형제 같았던 동료가 소원대로 편히 쉴 수만 있다면, 제 목숨이 끊어진다 해도 상관없습니다."

형제의 의리를 내세우는 경해의 모습에 이서백이 결국 입을 열었다. "사정은 참으로 딱하게 들리는군. 다만, 동료의 시신을 수습하겠다는 사람이 어찌 의장이나 난장강 묘지로 가지 않고, 감천수 연못가로 가서 소란을 구경하고 있었던 것인가?"

경해는 순간 말문이 막혀 멈칫했다가 입을 열었다. "소인은 그저…… 마침 그곳을 지나다가 사람들에게 휩쓸렸을 뿐입니다……."

"충의군 군영에서 의장으로 가는 길은 감천수 방향과는 완전히 다르다. 성 밖에서 곧장 갈 수 있는 길을, 어찌 성 밖에서부터 사람들에 휩쓸려 성안까지 갔다고 말하는 것이냐?"

　경해가 목을 뻣뻣이 세우고 말했다. "성안에 가서 지전(紙錢)이라도 사려고 했습니다. 탕천을 위해 태우려고요!"

　"아무래도 탕천 대정은 경해 대정이 태우는 지전은 받지 않을 듯합니다만." 이서백 뒤에 서 있던 황재하가 차가운 투로 말했다. "탕천 대정은 형제 같았던 경해 대정, 당신의 손에 죽임을 당했으니 말입니다."

9화

누에고치에서 실을 뽑듯 차근차근

황재하의 그 한마디에 좌중은 모두 어리둥절해했다. 재
판을 맡은 최순잠은 황재하를 바라보며 넋이 나간 표정으
로 물었다. "양 공공…… 지금 뭐라고 했소?"

"그날 밤, 살인이 일어난 주막에 왕 장군은 간 적이 없
습니다. 처음부터 끝까지 경해 대정의 소행이었지요. 경해
대정 본인이 살인을 저지른 뒤, 다시 자해를 했습니다. 모
든 것은 다 경해 대정이 꾸민 일입니다!"

곽무덕을 비롯한 장병 무리는 믿지 못하겠다는 듯 눈을
크게 뜨고 바닥에 꿇어앉은 경해를 쳐다보았다. 대청 안이
쥐 죽은 듯 고요했다.

안색이 검푸른 빛으로 변한 경해가 억울하다는듯 입을 열었다. "자해요? 저는 분명 범인이 휘두른 칼에 등을 찔렸습니다. 그 상처가 아직도 아물지 않고 남아 있잖습니까. 제가 제 등을 어떻게 칼로 찌를 수 있는지 제게도 좀 알려주시지요."

최순잠도 이 사건에 대해 어느 정도는 파악하고 있었기에 경해의 가슴 상처 부위를 손으로 가늠해보았다. "그러게 말이오, 양 공공. 자상의 각도로 보면 팔이 아무리 길다 해도 스스로 낼 수 있는 상처는 아닌 것 같은데?"

"가능합니다." 황재하가 주자진에게 눈짓을 하자 주자진은 즉시 알아듣고 도구 상자를 열어 피 묻은 휘장을 꺼내 사람들 앞에 펼쳐 보였다.

"이것을 한번 보시지요. 사건이 있던 그날, 주막에 있던 휘장입니다. 세마포로 만들어진 것으로 가볍고 물기가 금방 마르는 것이 장점이지만, 쉽게 마모된다는 단점도 있지요. 하지만 창문을 가리는 휘장으로 사용한다면 일반적으로는 크게 마모될 이유가 없을 것입니다. 그런데……."

황재하는 휘장에서 둥그렇게 눌린 듯한 흔적이 보이는 부분을 들어 보였다. "제가 이상하다 생각한 것은, 바로 여기에 뭔가에 눌려 움푹 팬 자국이 있다는 것입니다. 그리고 주막의 나무 창문을 조사한 결과, 창문에도 무언가에 부딪힌 흔적이 있었습니다. 여기 휘장에 난 자국과 같은 물건이 낸 흔적 같았습니다."

주자진이 순간 엄청난 걸 깨달은 듯 말했다. "그러니까, 어떤 물건이 휘장을 사이에 두고 창문에 부딪혔다는 거네!"

"아니요. 창문이 휘장을 사이에 두고 다른 물건과 부딪힌 것입니다."

경해는 낯빛이 새파랗게 질려 순간 얼굴에 경련이 일었다. 사람들은 조금 전 황재하의 말과 주자진의 말에 무슨 차이가 있는지 고민하느라, 경해의 반응은 주의 깊게 보지 못했다.

황재하는 사찰 누각의 창문 쪽으로 걸음을 옮겨 손으로 창을 가리키며 설명했다. "다들 여기 창문을 보십시오. 주막의 것과 비슷한 형태의 화합창입니다. 두껍고 실한 목판으로 제작된 것으로, 윗부분은 경첩으로 연결되어 있고, 아랫부분은 막대로 받치고 있지요. 창문을 열 때는 밖으로 밀어서 열고, 닫을 때는 안에 있는 창문 빗장을 들어 올린 뒤……."

최순잠 일행은 황재하의 사건 해결 방식을 잘 알고 있

었기에 모두가 귀 기울여 들었으나, 충의군 장병들은 황재하가 창문의 구조에 대한 얘기를 상세히 이어가자 좀이 쑤셔 가만히 듣고 있는 것이 힘들었다. 곽무덕이 조급해서 입을 열었다. "양 공공, 그냥 단도직입적으로 말해주시면 안 되겠습니까. 대체 어떻게 된 일입니까? 창문이 이 일과 무슨 관련이 있다는 겁니까?"

황재하가 창문을 지지대로 받쳐놓은 뒤 대답했다. "조급해 마십시오. 조금 전 사람을 시켜 충의군 군영에서 사람 모형을 가져오게 했으니 곧 도착할 겁니다. 그때가 되면 알게 될 것입니다."

훈련할 때 쓰는 사람 모형은 충의군 군영에 널리고 널린 것이었다. 과연 얼마 지나지 않아 사병들이 나무로 된 모형을 들고 와 창문 앞에 내려놓았다.

"이것은 나무로 된 사람 모형으로, 안은 볏짚으로 채워졌고, 겉은 얇은 나무판으로 되어 있습니다. 보통 성인 남자와 같은 크기이지요. 군에 계신 분들은 인체의 장기에서 각각 치명적인 부위가 어디인지 잘 알고 계실 것입니다."

황재하가 주자진에게 먹을 적신 붓을 건네자 주자진은 모형의 나무판 위 어느 부위에 대략 두 치 길이의 동그라미를 그린 후 말했다. "예를 들면 여기……. 곽 장군, 사람이 이 부위를 칼에 찔린다면 어떻게 될까요?"

곽무덕이 자세히 살펴보더니 의아해하며 말했다. "주포두께서 참으로 정확하게 알고 계십니다. 보기에는 가슴을 찌른 것 같지만, 사실 모든 장기와 큰 혈관은 다 피해갔다고 보면 됩니다. 칼이 이곳을 통과해 몸에 구멍이 난다 하더라도, 상처가 곪지 않는 이상 생명에는 전혀 지장이 없을 겁니다."

황재하는 경해에게 시선을 돌려 물었다. "바로 경해 대정이 다친 부위이기도 하지요. 맞습니까?"

무리의 시선이 일제히 경해에게로 향했다. 저마다 당황하는 기색이 역력했다.

끝내 경해의 얼굴에도 절망과 황급한 표정이 드리우며 양 볼 근육에 미세하게 경련이 일었다. 무릎 꿇은 자세마저 위축돼 보였다.

"그날 밤, 공교롭게도 왕 장군이 치명적인 급소란 급소는 다 피해서 찔렸던 것일까요?" 황재하의 목소리가 실내의 적막을 깼다. 목소리가 유난히 더 청량하게 들렸다. "물론 그럴 리 없죠. 이는 경해 대정이 각고의 노력으로 얻은 각도였습니다."

황재하는 창가로 걸어가더니 손을 뻗어 휘장 위로 보

이는 베실 한 오라기를 집었다. "이것은 휘장에서 발견
된 것입니다. 휘장에서 뽑혀 나온 실오라기로 보이며, 양
쪽에 매듭이 지어져 있습니다. 양쪽 끝에 각각 어떤 물건
을 묶고 있었을 것으로 보입니다. 그리고 한쪽을 잡아당기
면……."

황재하는 그리 말하면서 실의 한쪽 끝을 창문 지지대에
묶은 뒤 지지대로 창문을 높이 올려 받쳤다. 그리고 나머
지 한쪽 끝을 자신의 손목에 묶은 뒤, 창문을 다시 한 번
위로 올려 최대한 활짝 열리게 했다. 그러고는 곽무덕에게
물었다. "곽 장군, 장군께서 차고 계신 칼을 잠시 빌릴 수
있겠는지요?"

곽무덕의 칼도 왕온의 청애처럼 도신이 좁고 긴 횡도였
다. 황재하는 칼을 뽑아 칼끝을 사람 모형의 등에 갖다 대
며 말했다. "당연히 검신이 긴 장도를 등에 고정시키는 것
은 어려운 일이지요. 그래서 휘장이 필요했던 겁니다."

황재하는 휘장을 펼쳐, 사람 모형과 그 등에 대고 있던
횡도를 함께 덮은 뒤, 휘장의 네 모서리를 겨드랑이 아래
로 넣어 가슴 앞으로 잡아당겼다. 한 손으로는 횡도가 그
대로 등을 겨누도록 각도를 유지했고, 다른 한손으로는 모
형의 가슴 앞에서 휘장이 칼을 단단히 잡아주게 될 때까

지 천천히 휘장을 당겼다. "경해 대정은 창가로 뒷걸음쳐 최적의 위치에 섰을 겁니다. 줄곧 손목에 묶여 있던 실도 그때쯤엔 풀어서 손에 쥔 다음 힘껏 당겼지요……."

황재하의 동작과 거의 동시에 '쾅' 하는 소리가 크게 들려왔다. 창문을 받치고 있던 지지대가 휙 당겨지면서 두꺼운 나무창이 순식간에 아래로 떨어져, 창문 가까이 있던 칼자루를 매섭게 내리치며 닫힌 것이다.

강한 힘이 가해지자 횡도는 그 즉시 사람 모형의 등을 찌르고 들어가 가슴을 뚫고 나왔다. 주자진이 그려놓은 동그라미에서 조금도 벗어나지 않았다.

지켜보던 이들 모두 놀라 외마디 비명을 내질렀다. 그 중에서도 주자진의 목소리가 제일 컸다. 주자진이 발을 쾅 구르며 우렁찬 목소리로 말했다. "알았다, 알았어! 어쩐지 주인장이 잠결에 문짝이 떨어져 나가는 소리를 듣고 깼다고 하더니! 실은 그게 문짝이 아니라, 창문이 세게 닫히는 소리였던 거야!"

"맞아요. 그 전에 이미 술에 취해 자고 있는 탕천 대정을 죽인 뒤 문빗장을 쪼개 외부인이 침입한 것처럼 꾸몄고요. 칼을 맞은 뒤에도 경해 대정은 할 일이 두 가지 더 남아 있었습니다. 하나는 창문 지지대에서 실을 제거하는 것이고, 또 하나는 통증을 참으며 큰 소리로 '장군, 살려주십시오!'라고 외치는 거였죠. 쿵 소리에 놀라 달려온 주인장이 듣고 자신의 유력한 증인이 될 수 있게 말입니다."

황재하의 시선이 횡도에 등을 찔린 사람 모형에서 경해에게로 옮겨갔다.

경해는 가슴의 상처 부위를 누르며 눈을 감은 채 아무말도 하지 않았다.

왕온은 긴 한숨을 내쉬며 경해를 흘끗 쳐다보고는 다시황재하에게로 눈을 돌렸다. 단 몇 마디 말로 자신의 누명을 벗겨준 이 여인은 여전히 침착하게 이서백 옆에 서서, 평온하고 고요한 표정을 하고 있었다.

왕온은 왜인지 감상적인 기분에 빠져들었다. 문득 이렇게 되는 것도 좋다는 생각이 들었다. 어쩌면 그녀는 이서백 곁에 있어야 비로소 큰 조력을 얻을 수 있으며, 그래야최선의 모습으로 인생의 가치를 실현할 수 있는지도 모른다.

현장은 이미 야단법석이었다. 그중에서도 가장 크게 목소리를 내는 사람은 곽무덕이었다. 곽무덕이 분개해 소리쳤다. "경해 네놈이 부대 동료를 죽이고, 그걸 왕 장군께덮어씌워? 죄상이 낱낱이 밝혀진 마당에 어디 더 할 말이 있느냐!"

경해는 꼼짝도 않고 바닥에 꿇어앉아 있다가 한참 뒤에야 느릿느릿 입을 뗐다. "맞습니다. 제가 탕천을 죽이고, 왕 장군께 누명을 씌웠습니다. 죽어 마땅한 죄를 지었습니다."

"탕천은 왜 죽였지?"

경해는 조금도 망설이지 않고 대답했다. "탕천이 구승운 자사의 지시를 받고 거안 주사를 죽인 뒤, 왕 장군께 그 죄를 뒤집어씌우려 했기 때문입니다."

경해의 말은 마치 끓는 기름 솥에 물을 끼얹은 것처럼 순간 실내를 발칵 뒤집어놓았다.

구승운은 황망해하며 벌떡 일어나 이서백을 향해 급히 입을 열었다. "영명하신 기왕 전하, 소관은 억울합니다! 저 흉악범이 처음에는 사람을 죽이고 그 죄를 왕 장군에게 뒤집어씌우더니, 이제는 소관을 중상모략하고 있습니다. 전하와 최 소경께서 그 진실을 명명백백히 가리어, 소관의 결백을 밝혀주십시오!"

이서백이 구승운을 달래듯 말했다. "구 자사는 그리 황망해할 것 없네. 최 소경이 조정의 명을 받들어 온 이상, 이 사건의 진상은 반드시 밝혀낼 것이네. 저자가 구 자사를 중상모략하는 것이라면, 법이 절대 가볍게 용서치는 않을 것이야."

구승운은 마지못해 짧게 대답하고는 식식거리며 자리에 앉았다. 다만 소매 밖으로 나와 있던 두 손은 남들이 눈치채지 못할 정도로 미세하게 떨리고 있었다.

최순잠이 경당목[35]으로 탁자를 내려치며 소리쳤다. "경해는 지금 즉시 모든 것을 처음부터 끝까지 낱낱이 고하라. 어찌 구 자사가 거안 주사를 해하고 왕 장군에게 뒤집어씌우려 했다는 것이냐?"

경해는 바닥에 무릎을 꿇은 채 고개를 들어 왕온을 향해 물었다. "장군께서는 자객의 기습을 받았던 당시, 소인이 장군 곁에 있었던 것을 기억하십니까?"

"기억한다. 그때 자네가 한 치의 빈틈도 없이 나를 보호했지. 당시 자객의 수법을 자네가 꽤 익숙하게 느끼는 듯했는데, 지금 생각해보니 그 자객이 탕천이었나 보군."

"맞습니다. 탕천의 기습이 실패로 돌아간 이후, 마음에 걱정이 되어 감히 장군께 말씀드리지는 못하고 군영으로 돌아가 탕천과 싸웠습니다. 탕천도 어쩔 수 없이 시인하며

---

35 법관이 탁상을 쳐서 죄인을 경고하던 직사각 형태의 나무 막대기.

말하기를, 왕 장군께서 부임한 이후 충의군에 대한 지휘권을 상실하게 된 구 자사가 사주를 더는 혼자서 좌지우지할 수 없게 됐다고 했습니다. 게다가 구 자사가 일전에 충의군의 군량 및 보급품과 관련해 부정한 짓을 저질렀는데, 왕 장군이 충의군 업무를 이어받았으니 언젠가는 재고 조사를 통해 들통날까 겁이 났던 겁니다. 그래서 최대한 빨리 마음의 우환을 없애고자 했던 것이지요. 그리고 거안은 일개 소국이니 사신이 죽었다 해도 감히 크게 문제를 일으키지는 못할 거라 예상한 겁니다. 혹 그들이 문제 삼으며 소요를 일으킨다 해도 크게 문제될 것도 없겠지요. 그때 되면 왕 장군은 이미 처결됐을 테니, 충의군은 다시 구자사 손에 들어갈 테니까요. 혹 사막의 일개 약소국과 전쟁이라도 벌이게 된다면, 힘 한번 쓰지 않고 조정으로부터 대량의 군량과 보급품을 받을 수 있을테니 그야말로 일거양득이지 않겠습니까……."

구승운이 격노해 의자 팔걸이를 내려치며 일어나 경해를 향해 삿대질을 했다. "닥치거라! 부끄러움도 모르는 놈 같으니라고! 어차피 죽을 목숨이라고, 본관을 모독해 죄를 뒤집어씌우겠다는 것이냐!"

경해가 차갑게 말했다. "곧 죽을 목숨이라, 소인이 한 모든 말은 사실입니다. 없는 말로 자사를 모독할 이유도 없습니다."

구승운은 약이 바짝 올라서는 한 걸음 나아가 이서백을 향해 예를 갖췄다. "전하, 소관이 지금 바로 이 극악무도한 흉악범을 참수할 수 있게 해주십시오! 설마 이런 소인배가 사람들 앞에서 소관을 중상모략하는 것을 보고만 계시진 않겠지요? 전하의 영민하심과 용맹함은 조정의 모든 신료가 잘 알고 있습니다. 소관은 전하께서 절대 저자의 간계에 넘어가시지 않으리라 믿습니다!"

이서백이 웃는 듯 마는 듯 묘한 표정으로 구승운을 쳐다보며 말했다. "구 자사, 너무 그리 격분할 필요 없네. 몸이 올곧으면 그림자가 기울어도 걱정하지 않는다는 말이 있지 않은가. 경해 저자가 중상모략을 한다면, 구 자사도 사실과 증거를 내보여 본인의 억울함을 씻으면 되지 않겠는가?"

"그러면······." 최순잠은 이서백을 보고, 다시 그 곁에 앉은 왕온을 슬쩍 쳐다보았다. 오랜 세월 관료 세계에서 굴러먹은 그인데 어느 편에 서야 할지 모를 리가 있겠는가. 최순잠은 손을 뻗어 눈앞에 쌓인 문서들을 뒤적여 장부 한 뭉치를 꺼내 들었다. "구 자사, 이자의 말이 전부 다 사실인 건 아닐 수 있으나, 그중 보급품을 착복한 일에 관해서는 이번에 충의군의 역대 장부들을 대조해보았소. 한데 구 자사가 충의군을 임시로 맡아 관리해온 몇 해 동안은 확실히 어떤 항목이 맞지 않더이다. 일단 왕온 장군 사건이 종결되고 나면, 구 자사도 이 장부에 대해 조정에 고할 말이 있어야 할 것입니다."

구승운은 사람들이 보는 앞에서 체면이 말이 아니었다. 순간 얼굴이 하얗게 질려서는 이마에서 땀이 비 오듯 흘러내렸다.

최순잠이 손을 들어 내저으며 말했다. "구 자사께서는 일단 자리로 돌아가 앉으시지요. 경해에게 묻겠다. 네 말대로 탕천이 지시를 받아 사람을 죽이고 그 죄를 왕 장군에게 씌우려 했다면, 탕천이 어떤 방법을 쓴 것이냐? 네가 탕천을 죽일 때 썼던 왕 장군의 칼은 또 어디서 난 것이고?"

"앞서 자객을 물리친 후, 왕 장군의 칼자루 가죽에 피가 튀었기에 제가 사슴 가죽으로 바꿔드리겠다고 장군의 칼을 가져왔습니다. 그때 저는 탕천에게 구 자사를 위해 목숨을 걸지 말라고 설득했습니다. 탕천이 입으로는 그러겠다고 대답을 했으나, 제가 자는 사이 왕 장군의 칼을 대장간으로 가져가 복제품을 만들어달라고 한 것입니다. 다음 날 아침 그 사실을 알게 된 저는 즉시 대장간으로 달려가 칼을 되찾아 왔습니다. 당연히 하룻밤 사이니 대장장이도 칼 전체를 본뜨진 못했는데, 도신의 날은 무뎠지만, 손잡이의 애자 형상 코등이를 보면 영락없이 왕 장군의 칼과 닮아 보였습니다. 홍보석 두 알이 박히지 않은 것만 빼면 말입니다." 경해는 냉정을 되찾은 듯, 얼굴에서 황망한 표정이 사라지고 굳어 있던 목소리마저 평온하게 들렸다.

왕온은 미간을 찡그리고 생각에 잠겼다가 순간 무언가가 떠올라 구승운에게 물었다. "구 자사, 그러니까 사건 발생 당일 밤, 제가 차고 있던 칼을 풀어 문지기에게 맡겼을 때, 그 가짜 칼을 내 '청애'와 바꿔치기한 것입니까? 연회가 끝나고 다들 자신의 칼검을 받아가겠지만 손잡이와 칼집만 같으면 칼을 뽑아 도신을 살펴보는 일은 없을 테니 말입니다."

구승운은 한동안 얼굴이 붉으락푸르락하다가 분개하며 말했다. "왕 장군은 지금 내가 사람을 시켜 장군을 함정에 빠뜨렸다고 이미 확신하는 것이오?"

"감히 그럴 리가 있겠습니까. 다만 제 기억으로 거안 주사와 함께 골목 안으로 들어갈 당시, 칼은 분명 안장 옆에 달려 있었습니다. 골목 안으로 가져간 적이 없지요. 한데 나중에 범인이 제 칼을 들고 있는 걸 다들 보았다더군요. 그렇다면 그 칼이 어딘가 숨겨져 있었다는 말이겠지요."

왕온은 가차 없이 말을 이어갔다. "그리고 저는 보통 칼을 몸에서 떼지 않습니다. 누군가 제 청애를 바꿔치기할 유일한 기회가 있었다면, 제가 자사부 입구에서 무기를 맡겼을 그때겠지요. 그리고 구 자사는 그 칼을 골목 안에 숨겨놓았을 것이 분명합니다. 칼이 가장 유력한 살인 증거가 될 텐데 제가 칼을 지니지 않고 골목으로 들어갈 수도 있으니까요."

구승운은 완강하게 부인했다. "왕 장군, 보아하니 나에게 꽤 편견이 깊은가 보오! 내가 가짜 칼을 장군의 칼과 바꿔치기했다 하는데, 왕 장군의 칼은 결국 주막에서 나타나지 않았소. 내가 바꿔치기했다면 어찌 그것이 다시 성 밖 주막에서 나타났단 말이오?"

구승운이 그리 반문하자, 왕온은 순간 미간을 찡그렸다. 왕온도 그 속에 어떤 곡절이 있는지는 자세히 알지 못하고 그저 추측만 할 뿐이었다.

황재하가 경해를 보며 물었다. "당시 경해 대정이 사용한 칼은 아마도 탕천 대정이 가져온 것일 듯한데요?"

경해가 고개를 끄덕였다. "맞습니다. 저는 탕천이 가짜 칼을 만든 사실을 알고 어리석은 짓은 말라고 말렸지만 탕천은 아랑곳하지 않았습니다. 그래서 탕천과 연무장에서 한바탕 싸웠습니다. 그리고 나서도 곰곰이 생각해봤는데, 탕천이 그런 큰 잘못을 저지르게 두어서는 절대로 안 되겠다는 생각이 들었지요. 그래서 주막에 가서 술을 사주며 탕천이 구 자사를 위해 일하는 걸 포기하도록 설득하려 했습니다. 한데 오히려 탕천이 제 술에 약을 탔을 줄 누가 알았겠습니다. 제가 약을 먹고 잠든 사이 탕천은 가짜 칼을 가지고 거안 주사를 죽이러 갔습니다. 제가 막 정신을 차렸을 때 탕천이 주막으로 돌아왔습니다. 설마 사람을 죽이고 왕 장군께 뒤집어씌운 거냐고 물었더니, 제게 칼을 던져주며 증인이 되어달라고 했습니다. 밤새 함께 술을 마셨기로 절대 사람을 죽이러 갈 시간은 없었다고요……. 탕천이 던져준 칼을 뽑아 살펴보니 뜻밖에도 진짜 '청애'였습니다. 도신에는 혈흔이 가득했고요. 저는 화가 나서 탕천과 싸우기 시작했습니다……. 그렇게 싸우는 중에 어찌된 영문인지, 탕천을…… 찔러 죽이고 말았습니다. 피가 얼굴에 튀고서야 놀라 술이 깨면서 온몸에 식은땀이 났습니다……. 내가 형제처럼 가까이 지내던 탕천을 죽이

다니, 이를 어찌해야 좋을지 머릿속이 멍했습니다."

경해는 거기까지 말하고는 끝내 목소리가 떨리기 시작했다. "그러다가 탕천이 거안 주사를 죽인 뒤 그걸 왕 장군께 덮어씌울 거라고 했던 말이 떠올랐습니다. 그렇다면 저도 계책을 꾸밀 수 있겠다는 생각이 번뜩 들었습니다. 탕천을 왕 장군이 죽인 것처럼 꾸미면, 분명 탕천의 사인을 조사하다가 탕천이 구 자사에게 매수된 일이 낱낱이 드러나게 될 거고, 제 범행도 들키지 않을 거라 생각했습니다. 그래서…… 현장을 누군가 침입한 것처럼 꾸미고, 조금 전 양 공공이 말한 그 방법대로 제게 자상을 남겼습니다. 제 소행인 걸 들키지 않으려고요……."

구승운이 차갑게 웃더니 경해의 말을 끊고 따져 물었다. "시종 본관이 탕천을 매수해 사람을 죽였다는 말로 일관하는구나. 이번 살인 사건을 본관에게 덮어씌우려고 작정한 것이냐? 기왕 전하, 최 소경, 설마 저런 극악무도한 놈의 말을 믿으시는 겁니까? 저자는 지금 실수로 살인을 저질렀다고 말하고 있습니다. 실수로 사람을 죽였다는 게 말이 됩니까?"

최순잠이 생각에 잠겨 있는데 황재하가 뜻밖의 말을 했다. "구 자사 말씀에 일리가 있습니다. 저 또한 경해 대정의 자백에 의문이 드네요. 정말 경해 대정이 말한 대로라면, 어떻게 탕천 대정이 왕 장군으로 변장해 거안 주사를 죽였을 때와 경해 대정이 탕천 대정을 죽였을 때에 모두 똑같이 삼경 북소리가 울렸던 것일까요?"

경해가 군은 목소리로 말했다. "그건 저와 탕천이 개인적으로 군영을 나가 술을 마실 때, 가끔 군영 내 북치는 곳에 몰래 숨어 들어가 경루[36]를 일각 정도 빠르게 조정해놓기 때문입니다. 그러면 저희가 술을 마시다가도 군영에서 울리는 삼경 북소리를 듣고 즉시 돌아가면 됩니다. 잡히더라도 군영의 경루가 빠르게 맞춰져 있어, 실제로는 삼경을 넘기지 않았다고 우길 수 있으니까요."

곽무덕이 낯빛을 굳히며 옆 사람에게 물었다. "그런 일이 있었느냐?"

서로 얼굴만 쳐다보는 가운데 한참이 지나서야 주부[37] 하나가 우물쭈물 입을 열었다. "일전에 그런 일이 있긴 했습니다. 그 일이 발각되고 나서는 사적으로 경루를 조절한 사람과 야경꾼 모두 장을 쉰 대씩 맞았습니다. 이후로는

---

36 물시계를 이용해 시간을 알리는 장치.

37 일부 관청 혹은 지방 정부의 사무관.

그런 일이 다시는 없을 줄 알았는데, 저들이 감히 그리했을 줄은 생각도 못 했습니다."

"아니, 감히 그러지 못했을 것이오." 최순잠이 마침내 재판관의 위엄이 느껴지는 목소리로 우렁차게 말하고는 탁자 위 조서 더미를 뒤적여 그중 한 권을 뽑아 들었다. "용의자 경해는 감히 여기가 어디라고 사실을 날조하여 허튼소리를 지껄이는 것이냐! 우리 삼법사가 이미 여러 날 동안 충의군에서 빈틈없이 조사를 벌여 모든 사실을 명확히 밝혀내었다. 네놈만 그 경루를 떠올렸을 것 같으냐? 우리도 진즉에 그 가능성을 염두에 두었다. 하나 일전에 야경꾼이 장 오십 대를 맞고 죽은 뒤, 그 뒤를 이은 후임자는 감히 일을 태만히 할 수가 없어 물시계에 추가로 나무 궤짝을 설치하였다. 경루를 조절하려면 반드시 그 궤짝 문을 열어야 하며, 궤짝 열쇠는 야경꾼이 늘 몸에 지니고 다녔다. 그날 야경꾼은 일이 있어 외출했다가 날이 어두워진 뒤에야 돌아왔다. 그때는 네놈과 탕천이 이미 주막으로 간 뒤였는데 무슨 수로 열쇠를 훔쳐 몰래 경루를 조절했다는 것이냐? 설령 경루를 조절했다손 치더라도, 탕천은 이미 죽었고, 너는 중상을 입었는데, 어찌 야경꾼이 눈치채지 못하는 사이에 다시 경루를 되돌렸다는 말이냐?"

경해는 순간 말문이 막혔지만 끝까지 밀고 나갔다. "그건 탕천이 한 일이라 저도 잘 모릅니다. 필시 탕천에게 무언가 방도가 있지 않았겠습니까."

경해가 깔끔하게 책임을 전가하자 최순잠이 다시 물었다. "그럼, 탕천이 어떻게 왕 장군으로 꾸며 거안 주사를 죽인 것이지?"

"그때 탕천에게 듣기로는, 구 자사가 탕천더러 거안 주사로 변장해 왕 장군을 골목으로 유인한 뒤 혼절시키라 했다고 합니다. 그 골목 한쪽이 관아이지 않습니까. 담장 안에서 거안 주사 시신을 골목으로 던져주고 탕천은 왕 장군으로 변장한 뒤, 혼절한 왕 장군과 가짜 사신 복장은 담장 안으로 넘기면 감쪽같을 거라고요."

"그렇다면 누구든 할 수 있는 일인 것 같은데, 왜 굳이 탕천이 왕 장군으로 변장했지?"

경해는 망설임 없이 대답했다. "탕천은 검술에 정통하여, 왕 장군이 어떻게 칼을 잡고 어떻게 칼을 쓰는지 잘 알고 있었습니다. 게다가 체격도 왕 장군과 비슷해 짧은 순간에는 발각될 위험이 적기 때문일 것입니다."

구승운은 노가 극에 달해 헛웃음이 나왔다. 구승운이

경해를 꾸짖으며 소리쳤다. "이런 황당무계한 놈을 봤나! 감히 이렇게 악질적으로 사람을 모함하다니!"

구승운의 말에 이서백이 물었다. "구 자사, 이자는 구 자사가 권력과 이권을 위해 충의군 주사령관 왕온을 모함했다고 말하고 있네. 한데 이제는 구 자사가 이자를 가리켜 자신을 모함한다고 말하는군. 이에 대해 해명해보시게."

"절대 그런 일은 없었습니다! 부디 전하의 뛰어난 식견으로 고명한 판단을 내려주시기를 부탁드립니다. 소관이 어찌 감히 살인을 사주하겠습니까?" 구승운이 자리에서 벌떡 일어나 경해를 향해 삿대질을 하다가 호소했다. "왕 장군이 충의군 절도사로 부임한 이래, 실은 왕 장군의 여러 처사가 사주의 실정과 부합하지 않아 소관이 동의하기 어려운 부분도 여럿 있었습니다. 소관은 마땅히 대당의 조정을 위해 생각할 수밖에 없었습니다. 왕 장군은 이곳의 많은 부분이 낯설텐데, 실정에 맞지 않는 과격한 조치를 취한다면 병사들의 반감만 사게 될 것입니다. 그리되면 이곳의 장관인 제가 어찌 그 책임을 피할 수 있겠습니까? 그리하여 충의군의 몇몇 장병들에게 평소 왕 장군을 잘 지켜보고 있다가, 어떠한 움직임이 발견되면 제게도 알려달라고 했습니다. 그때 물색한 이들 중에 탕천도 있었던 것은 사실입니다. 하지만 경해 저 악랄한 자가 저와 탕천이 한두 번 접촉한 사실을 가지고 제가 살인을 사주했다고 모함할 줄은 꿈에도 생각지 못했습니다!"

"그렇다면 구 자사도 조정을 위해 마음을 쓴 것이니, 이 또한 충정이라 할 수 있겠지." 이서백은 담담하게 슬쩍 웃어 보이고는 말을 이었다. "다만 본왕은 경해 대정의 말이 완전히 일리가 없는 것 같지는 않네. 골목 안에서, 더 정확히는 관아 담장 안에서 갑자기 살수가 나타났다면, 이 일은 오직 구 자사만이 안배할 수 있는 일이겠지. 같은 시각 주막에서 죽은 또 다른 자는 구 자사가 일련의 속셈을 가지고 매수했던 사람이네. 그리고 왕 장군이 몸에 지니고 다니던 횡도를 바꿔치기할 수 있었던 유일한 기회는, 왕 장군이 자사부에 있던 그때뿐이지. 더군다나 왕 장군에게 변고가 생기면 가장 큰 이득을 보는 이가 바로 구 자사 아닌가. 구 자사를 향한 의문이 이토록 많은데, 이에 대해 해명할 말은 더 없는가?"

구승운은 순간 목이 콱 막혀 아무 말도 하지 못했다.

이서백이 구승운의 표정을 살피며 차분한 목소리로 말을 이었다. "조사 과정에서 드러난 모든 행적으로 보아, 구 자사는 진즉부터 왕 장군에게 불리한 일을 획책한 것으로 보이는군. 구 자사가 사건을 도모한 수법까지 경해 대정이 이토록 상세히 알고 있는 마당에 더 변명할 말이 있겠는가?"

구승운도 이렇게 된 이상 그만 포기하는 수밖에 없어 울상을 하고서 바닥에 털썩 무릎을 꿇었다. "감히 전하를 속이진 못하겠습니다. 소관이 귀신에 홀렸는지, 실로 죄를 짓긴 하였습니다!"

이서백이 살짝 노기가 누그러진 표정으로 물었다. "오, 무슨 죄를 지었다는 것인가?"

구승운은 바닥에 엎드려 목 놓아 울면서 입을 열었다. "전하께서는 워낙 통찰력이 뛰어난 분이니, 감히 숨기지 않겠습니다. 소관이…… 소관이 한때 어리석은 생각에 충의군의 보급품을 사사로이 융통하였습니다. 왕 장군이 부임하면서 군의 기율이 엄격해져 예전의 군량 장부까지 대조하며 검사하기 시작했지요. 저는 과거 저의 소행이 드러나는 것은 시간문제라 여겨 이 문제를 최대한 빨리 해결해야겠다고 생각했습니다. 그래서 탕천을 시켜 왕 장군을 기습하게 했으나 경해 저자에게 저지당하는 바람에 성공하진 못했습니다. 그때 마침 거안 사신이 내방하였는데, 과거 제가 충의군에 있을 때 그 사신과 교역한 일이 있었습니다. 만약 왕 장군이 이 사신과 함께 장부를 대조한다면 소관을 그냥 두지 않으리라는 생각이 들었습니다. 그래서 탕천에게 몰래 청애를 훔쳐 와 거안 주사를 죽인 뒤 그 죄를 왕 장군에게 덮어씌우라 했지요. 거안 주사가 참혹하게 살해당하고, 왕 장군이 실종되었다는 보고가 들려와 소관은 탕천이 성공적으로 해낸 줄 알았습니다. 한데 곧이어 탕천이 죽었다는 소식이 들려오지 않겠습니까! 그것도 거안 주사와 동일한 시각에, 왕 장군의 칼에 찔려 죽었다고요……. 소관도 이 일은 아무리 생각해도 상식적으로 이해가 가지 않았습니다. 심지어 뒷일이 겁이 나서 지금까지도 불안에 떨고 있었습니다!"

이서백은 표정 하나 바꾸지 않고 눈앞에 꿇어앉은 구승운과 경해를 쳐다보았다. "그러니까, 그날 밤 무슨 일이 있었는지는 구 자사도 알지 못한다?"

구승운은 두려움과 당혹감이 섞인 표정으로 답했다. "소관은 정말 모르옵니다! 소관은 그저 사람을 시켜 왕 장군의 칼을 바꿔치기한 뒤 탕천에게 건네주라 한 것뿐입니다. 누가 거안 주사를 죽였는지, 누가 탕천을 죽였는지, 그리고 왕 장군은 또 어디로 사라진 건지…… 소관이 며칠 내내 온갖 머리를 굴리며 생각해보았으나 아무런 실마리도 얻지 못했습니다. 오늘 이 자리에서 경해 저자가 자백하는 얘기를 듣지 못했다면, 소관은 탕천이 어떻게 죽었는지조차 여전히 오리무중이었을 겁니다!"

이서백이 살짝 고개를 끄덕이고는 다시 물었다. "그 외에 또 달리 본왕에게 실토할 말은 없는가?"

"없습니다! 소관이 그저 한순간 귀신에 홀려서 그리했으나, 맹세컨대 사람을 죽이지는 않았습니다! 소관도 밤낮으로 두렵고 떨려서 어쩔 줄을 모르고 있습니다!"

구승운이 바닥에 엎드린 채 죄를 시인하자 이서백이 말했다. "이 일은 내 조정에 돌아가 이부[38]와 함께 논의해 처리할 것이네. 자사의 말이 모두 진실이기를 바라네. 만에 하나 본왕을 속였다는 사실이 밝혀진다면, 결코 가볍게 넘어가지 않을 것이야."

"여부가 있겠습니까요! 소관, 절대 전하를 속이지 않았습니다! 모든 것을 있는 그대로 다 실토하였습니다!"

눈물로 하소연을 끝낸 구승운은 두려움에 떨며 다시 자리로 돌아가 앉았다. 누각에 있던 다른 이들은 모두 가만

---

38 전국 관리들의 임용과 면책, 과거 선발, 승급과 강등 등을 관할하던 중앙 행정 기관.

히 침묵을 지켰다. 사건이 이리저리 돌고 돌았으나, 각자 자기 주장을 펼치는 가운데 여전히 진술은 서로 엇갈리고 있었다. 실로 복잡한 사건이었다.

10화

숨겨진 진실

　적막이 흐르는 가운데 황재하가 입을 열었다. "전하, 저는 구 자사의 말씀이 모두 사실이라 믿습니다. 그날 밤 골목 안에서는 시신도 범인도 담을 넘는 일은 일어나지 않았습니다."

　"오? 어찌 그리 확신하는 것이냐?"

　"저와 주 포두가 그 골목을 조사했는데, 담장은 새롭게 석회 칠을 한 지 얼마 되지 않은 상태였습니다. 그날 누군가 담장 위에서 무거운 물체를 떨어뜨렸다면, 필시 담장 위로 긁히거나 미끄러진 흔적이 남았을 것입니다. 며칠 전비가 왔다고는 하나 담장에 남은 흔적은 새로 칠을 하지 않는 이상 지워질 리는 없을 겁니다."

주자진이 맞장구치며 말했다. "맞습니다. 양 공공과 제가 현장 담벼락을 자세히 살펴보았지만 확실히 아무 흔적도 없었습니다!"

구승운은 잔뜩 흥분해 턱수염을 떨며 말했다. "본관을 위해 옳은 말씀을 해주신 두 분께 참으로 감사드리오. 경해 저자가 악독한 말로 본관을 모함했으나, 본관은 실로 생각만 했을 뿐, 실제로 사람을 해친 적은 결코 없소!"

주자진이 입을 삐죽거리며 뭐라 반박하려 했으나, 황재하가 먼저 나서서 경해에게 물었다. "경해 대정, 일이 이 지경까지 이르렀는데, 여전히 진실을 밝히지 않을 생각이십니까?"

경해는 고개를 숙인 채 끝내 고집스럽게 말했다. "저는 탕천에게 들은 그대로 말했을 뿐, 실제로 어떻게 된 것인지는 저도…… 정말 모르는 일입니다!"

"아니요, 경해 대정은 알고 있습니다. 그래서 거짓말을 하는 것이지요. 경해 대정과 같은 시각에 범행을 저지른 그 사람을 비호해 주려고 말이죠." 황재하의 시선이 한쪽 구석에 포박당한 채 앉아 있는 노부평에게로 향했다. 방금 황재하의 말이 누구를 가리키는지 누가 봐도 명확했다.

"경해 대정이 그토록 목숨을 걸고 지키고 싶었던 그 사람은 바로, 경해 대정의 남동생, 노부평뿐이겠지요."

무리의 시선이 일제히 노부평에게로 향했다.

사람들의 시선이 쏟아지자 노부평은 눈에 띌 정도로 부들부들 떨며 두려움에 몸을 한껏 움츠렸다.

경해는 자기도 모르게 소리를 질렀다. "아닙니다. 살인을 저지른 건 탕천과 저입니다. 무고한 사람을 끌어들이지 마십시오!"

주자진이 물었다. "경해 대정이 여동생…… 아니 남동생을 보호하려 한 것이 아니라면, 어찌 그리 힘들게 거짓말을 해가면서 모든 것을 다 탕천에게 뒤집어씌우는 것입니까?"

이때 최순잠이 가볍게 헛기침을 하고는 말했다. "자진, 아까부터 계속 그 이국의 호희가 경해의 남동생이라고 주장하는데, 대체 그게 어찌된 일인가……. 일단 산파를 불러와 검증을 하는 것이 어떻겠는가?"

"그럴 필요는 없을 듯합니다." 구승운이 눈물을 흘리며 연기하는 꼴을 줄곧 차가운 눈으로 지켜보고 있던 왕온이 그제야 천천히 입을 열었다. "저자가 그날 밤 거안 주사를 죽이고 저를 칼로 찌른 범인인 것도 동시에 증명해 보일 수 있을 것 같습니다."

"오호? 말씀해보시게, 왕 장군."

"저자의 허리 우측에 작은 상처가 하나 있을 것입니다. 보름가량 시일이 흘렀으나, 아직은 완벽하게 아물진 않았을 겁니다." 왕온이 무미건조하게 말을 이었다. "그날 밤 골목 안에서 저자가 저를 혼절시키던 그때, 제가 등롱 손잡이로 찔러 생긴 상처이지요. 아마 상처를 보면 확실히 알 수 있을 겁니다."

원래도 창백하던 노부평의 낯빛이 절망으로 시퍼래져 지금은 거의 산 사람의 얼굴 같지가 않았다.

황재하가 노부평 앞으로 가서 말했다. "더 발뺌해도 소용 없으니, 이제 선택하세요. 이만 사실대로 말할 것인지, 아니면 사람을 불러 신분을 낱낱이 밝힌 뒤에야 실토할 것인지."

노부평은 한동안 넋을 놓고 있다가 끝내 눈물을 흘리며 입을 열었다. "그래요, 저는 노부평입니다. 하지만 전 남자가 아닙니다. 그렇다고…… 여자도 아닙니다. 전 그저…… 그저 폐물이고, 괴물입니다……."

노부평이 가늘고 높은 목소리로 쏟아낸 말에 다들 뭔가를 깨달은 듯 저마다 고개를 갸웃하며 귓속말을 주고받았다. 어떤 이가 한껏 목소리를 낮춰 말했다. "한데 저 사람은 자사부에 뻔질나도록 출입하지 않았어? 자사 대인한테 얼마나 사랑을 받았는데……."

말을 하다가 아차 싶었는지 금세 입을 틀어막았지만, 이미 구승운이 들은 뒤였다. 구승운이 식식거리며 고개를 돌리고는 투덜거렸다. "당치도 않은 소리!"

최순잠이 얼른 정신을 차리며 경당목을 내리치고는 노부평에게 큰 소리로 물었다. "노부평, 너는 줄곧 이국의 호희로 가장해 사람들을 기만하고 이곳 돈황에 숨어 있다가, 이번에는 기왕 전하를 해치려고까지 하였다. 대체 그 저의가 무엇이며, 누구의 사주를 받은 것이냐?"

노부평이 울먹이며 말했다. "아무도 사주한 사람은 없습니다. 이국 여인으로 분장한 것은 그저…… 생계를 위해 어쩔 수 없이 그런 것입니다. 입에 풀칠이라도 하기 위해서요……."

"그저 생계만을 위해 여자로 분장해 돈을 편취한 거라면, 어찌하여 거안 주사를 죽인 것입니까? 또한 무슨 이유로 그 죄를 충의군 왕 장군께 덮어씌운 것이며, 어째서 왕 장군께 자상을 입히고 거안 사람의 손에 넘겨준 것입니까?"

황재하의 이 몇 마디에 모든 이들이 크게 놀랐다.

"단지 신분이 드러나게 될까 봐요? 여인으로 분장하고 돈을 사취한 것은 큰 죄는 아니죠. 잡혀간다 해도 관아에서 질책을 받거나, 백성들의 멸시와 조롱을 받는 것으로 끝났을 겁니다. 한데 어찌 이리도 필사적이었을까요? 쥐가 궁지에 몰리면 고양이를 문다고, 감히 조정 황실의 기왕 전하까지 해하려 한 이유가 무엇일까요?" 황재하는 이어서 깔끔하게 답까지 정리해주었다. "이대로 잡히면 절대 안 된다는 걸 알고 있었기 때문입니다. 잡히는 순간 본인이 거안 주사를 죽인 사실이 들통날 테니까요. 그래서 최후의 발버둥이라도 칠 수밖에 없었던 겁니다. 어차피 한번 죽는 목숨, 혹시 또 모르니까요. 그래서 자신의 마지막 운을 시험해보려 목숨 걸고 기왕 전하를 위협했던 겁니다. 물론 그 이유는 노부평 당신의 몸에 숨길 수 없는 범행 증거가 있기 때문이죠. 그날 밤, 골목 안에서 당신이 거안 주사로 분장해 왕 장군을 혼절시킬 때, 왕 장군이 쓰러지기 직전 당신에게 부상을 입혔지요."

노부평은 고개를 떨군 채 이를 꽉 물 뿐, 아무 말도 하지 않았다.

"모친께서 반은 호인의 피를 가지셨으니, 노부평 당신

도 반의반 정도는 그 피가 흐르고 있겠네요. 게다가 오랜 기간 머리를 염색하고 약을 복용한 덕분에 한층 더 이국인처럼 보이게 됐지요. 거안 사신을 위해 환영연을 열던 그 밤, 당신도 주연에 초대되어 갔습니다. 듣기로 연회 자리에서 거안 주사가 당신에게 꽤 관심을 보이며 다른 이들에게 당신에 대해 이것저것 캐물었다고 하더군요. 추측건대 아마도 둘 중 하나일 것입니다. 거안 주사는 과거 당신과 알고 지낸 사람이거나, 혹은 당신의 비밀을 알고 있는 사람입니다. 당신이 그자에게 살의를 느낄 정도로요……."

노부평은 그저 넋을 놓은 채 아무런 반박도 시인도 하지 않았다.

"여전히 아무 말도 하지 않겠다면, 제가 단서들을 하나하나 나열하며 얘기를 해보지요. 그날 밤 당신의 행적부터 시작하겠습니다." 진실을 부여잡고 상대를 향해 가차없이 달려드는 황재하의 목소리는 살짝 서늘한 느낌마저 들었다. "연회 자리가 파한 뒤 아마도 거안 주사가 당신을 알아보고 귀찮게 했을 겁니다. 그때 구 자사의 명을 받고 거안 주사를 감시하던 탕천 대정이 당신을 위해 적절한 기회에 거안 주사를 죽였을 거고요. 물론 당신은 탕천 대정에게 감사 인사를 했겠지요. 탕천 대정이 시신을 끌어 옮길 때 당신은 그 곁에서 왕 장군의 칼 '청애'를 들어 주었을 겁니다. 그리고 탕천 대정이 무방비한 상태에 있을 때 칼로 그를 찔렀고, 그가 돌아서자 또 한 번 그의 가슴을 찔렀지요. 물론, 탕천 대정의 몸에서 칼을 뽑을 때 뿜어져 나온 피를 당신도 피할 수는 없었을 겁니다."

황재하는 차분하고 맑은 음성으로 그날의 정황을 직접 본 것처럼 자세히 묘사했다. 듣고 있던 사람들도 그날 밤 장면이 실제로 눈앞에 펼쳐지는 듯하여 저도 모르게 등골이 오싹했다.

노부평은 여전히 몸을 움츠린 채 꼼짝도 하지 않았고, 황재하의 말이 이어졌다. "주막에서 술에 취한 척 연기했던 경해 대정은 탕천 대정의 뒤를 밟아 그곳까지 갔습니다. 하지만 자신의 남동생이 탕천 대정을 죽일 거라고는 상상도 하지 못했을 겁니다. 이미 엎질러진 물을 다시 주워 담을 수는 없기에 경해 대정은 당신을 도와 상황을 수습하기로 마음먹고, 탕천 대정의 시신을 주막으로 옮긴 것이지요. 하지만 거안 주사의 시신은 어떻게 처리해야 했을까요. 연회가 끝나자마자 거안 주사가 노부평 당신을 찾아왔으니, 두 사람이 만나는 걸 누군가는 봤을 수도 있을 겁니다. 그리 되면 거안 사람은 범인으로 분명 당신을 지목할 테고요. 그때 마침 일련의 이야기들이 떠올랐을 겁니다. 탕천 대정이 당신을 마음에 품은 것은 당신도 익히 알고 있었습니다. 탕천 대정이 옥성반으로 찾아온 적이 있다고 저희에게 말한 적이 있지요. 어쩌면 그때 탕천 대정이 마음을 표현하면서, 당신을 얻으려고 왕 장군을 습격한 일까지 언급했을 수도 있을 겁니다. 아니면 경해 대정이 찾아와 탕천이 마음을 접을 수 있게 해달라고 당신에게 요청하면서 탕천 대정이 당신을 위해 구 자사가 제시한 조건을 받아들였다고 말해줬을 수도 있고요. 심지어 그 과정에서 탕천 대정이 왕 장군의 칼을 훔쳐 만든 복제품이 막다른 골목 어느 틈새에 숨겨져 있다는 것까지 알게 되지 않았을까요? 적절한 때가 되면 꺼내서 사용하면 된다고 말입니다."

거기까지 말한 황재하는 끝내 살짝 목청을 높였다. "구자사는 아마 모르시겠지요. 구 자사 손에 일가족 모두가 죽게 된 대장장이 일가가 과주로 떠나기 직전 이웃에게 남긴 한마디가 무엇이었는지 말입니다. '칼 두 자루를 만들었는데, 이렇게까지 화가 미칠 줄은 몰랐다!'"

구승운은 절망적인 표정으로 눈을 감고 솔직하게 시인

했다. "그렇소. 한 자루는 도신은 거칠지만 손잡이만은 정교하게 만들었소. '청애'의 칼집에 꽂아놓으면 감쪽같아 보이도록 말이오. 또 한 자루는 일단 골목 안에 숨겨놓았소. 왕 장군이 골목으로 들어올 때 칼을 지니지 않을 경우를 대비한 것이오."

중요한 진실이 하나하나 드러나면서 지켜보는 이들도 긴장하는 기색이 역력했다. "허!" 쥐 죽은 듯 고요한 가운데 문득 주자진의 탄식 소리가 들렸다. "관리들이 떳떳하지 못해 쪽문으로 다닌다고 돈황 백성의 웃음을 산 일로 사람을 시켜 쪽문을 봉쇄하고 석회 칠까지 했던 사람이 구 자사이지 않습니까! 이 모든 게 처음부터 다 계획된 것 아닙니까? 흉기를 거기 숨겨놓으려고 말입니다!"

구승운의 낯빛이 붉으락푸르락했다. 수치와 분노가 동시에 치밀었으나, 그저 이를 악물고 참는 수밖에 없었다.

황재하가 계속해서 말을 이었다. "노부평 당신은 그 모든 계책을 완벽하게 다 이용할 수 있을 거라 생각했겠지요. 구 자사가 계획한 대로 왕 장군에게 모든 죄상을 뒤집어씌우면 된다고. 그래서 경해 대정이 떠난 뒤 당신은 재빨리 관아 근처에 위치한 옥성반으로 달려가 짙은 화장을 지워냅니다. 이목구비가 커서 화장을 지운 후에는 그다지 여인처럼 보이지 않았을 겁니다. 그러고는 자신을 거안 주사처럼 꾸몄겠지요. 사실 거안 주사와 꼭 닮을 필요는 없었습니다. 대부분 대당 사람 눈에 비친 서역인들은 모두 코가 크고 눈이 움푹 들어갔으며 얼굴에 수염을 한가득 기른 모습일 테니까요. 당신은 급히 본인의 마차를 가져와 필요한 물건들을 챙겼을 겁니다. 바로……."

황재하는 전갈을 받고 도착해 구석에 조용히 서 있던 간우를 향해 물었다.

"간우 반주, 제가 말씀드린 물건은 가져오셨나요?"

"네……. 가져왔습니다." 간우는 당혹스러운 듯 급히 대답하고는 들고 있던 작은 등나무 가방을 열어 뭔가를 꺼내 황재하에게 건넸다.

누런 가발 하나와 살점이 마구 찢긴 형상의 가면 한 점이었다.

곽무덕은 그것을 보는 순간 탄식을 내질렀다. "저, 저건…… 그날 밤 내가 본 것인데……."

황재하는 주자진에게 가면과 가발을 쓰고 사람들에게 보여주라고 눈짓했다. 한낮이긴 했으나 누각 안은 그다지 밝지 않았다. 어두운 곳에 서 있던 주자진이 가발과 가면을 쓰니 그 모습이 꽤 끔찍하고 무서워 다들 자세히 쳐다

볼 엄두도 내지 못했다.

"노부평 당신은 원래부터 어느 정도 체격이 있는 데다가, 거안 주사의 옷으로 갈아입고 나니 더 이상 신경 쓸 것도 없었을 겁니다. 그저 피풍[39] 하나만 걸치면 몸매도 가리고, 옷에 묻은 혈흔도 가릴 수 있었지요. 거안에서 많이 생산되는 용혈천향은, 사신이 주연 자리에서 구 자사에게 선물로 올렸는데, 구 자사가 당신에게 선물로 줬다고 증언한 이가 있습니다. 당신은 그 향료를 온몸에 듬뿍 발랐겠죠. 용혈천향은 원래도 미세하게 피비린내 같은 향을 띠는 것이니, 당신 몸에 묻은 피 냄새를 가리기에 딱이었을 겁니다. 그 뒤 당신은 거안 주사의 시신을 마차로 실어 아무도 없는 골목 안으로 끌고 갔을 겁니다. 그러고는 사건 현장인 막다른 골목 근처에서 왕 장군이 오기만을 기다렸습니다. 그 길은 왕 장군이 충의군 군영으로 돌아갈 때 반드시 지나는 길이니까요. 역시 당신의 예상대로 왕 장군이 그곳에 도착했습니다. 왕 장군은 세심하고 온화한 분이라, 거안 사신이 밤늦게 골목 끝에 서 있는 것을 보고 다가가 도움이 필요한지 물었을 겁니다. 이어지는 상황들은 모든

---

39 소매 있는 외투로 긴 망토와 유사.

것이 당신 계획대로 순조롭게 진행되었지요. 당신은 왕 장군을 골목 안으로 유인해 정신을 잃게 했습니다. 한데 거기서 한 가지 돌발 상황이 발생했지요. 왕 장군은 의지가 강한 사람입니다. 그는 혼절하기 직전까지도 무의식적으로 반항하다 등롱 손잡이로 당신의 옆구리를 찔러 치명적인 증거를 남겼습니다. 당신은 통증을 참으며 신속하게 왕 장군과 옷을 바꿔 입었을 겁니다. 그리고 극단에서 쓰는, 살점이 갈기갈기 찢긴 피투성이 가면을 왕 장군에게 씌우고 가발도 씌웠습니다. 그러고는 담장 틈새에 끼워놓은 칼을 꺼내, 당신이 입었던 옷에서 등롱 손잡이에 찔린 위치를 살펴 왕 장군의 복부에도 똑같은 부위에 칼을 찔렀지요."

노부평은 입술을 미세하게 떨 뿐 여전히 한마디 반박도 하지 않았다. 황재하가 말한 것과 그날 밤 그의 행적이 다르지 않은 듯했다.

황재하가 왕온을 돌아보며 살짝 미소를 지었다. "사실 왕 장군께서는 정말 다행스럽다고 여기셔야 할 겁니다. 탕천 대정의 솜씨라면 주사를 죽일 때 분명 한 칼에 끝을 냈을 테지요. 그래서 겉으로 보면 옷도 거의 찢어지지 않은 온전한 모습이어야 했을 겁니다. 하지만 노부평은 등롱 손잡이에 옆구리를 찔려 이미 옷에 구멍이 났기 때문에, 어쩔 수 없이 그 위치를 따라 왕 장군의 허리 쪽을 찌를 수밖에 없었을 겁니다. 그래서 피를 많이 흘리고 상처에 염증이 생기긴 했으나 급소는 피해 목숨에는 지장이 없었습니다."

왕온이 말없이 고개를 끄덕였다. 충의군 장병들은 저마다 불행 중 다행이라는 표정을 했고, 곽무덕은 가슴을 쓸어내리며 외쳤다. "다행입니다, 천만다행이에요! 부처님이 보우하셨어요! 왕 장군, 이따가 부처님께 향이라도 올려야겠습니다!"

왕온이 쓴웃음을 지으며 뭐라 대답하기도 전에 누군가 팔꿈치로 곽무덕을 쳤다. "아직 재판이 끝나지도 않았는데, 향 피우러 갈 시간이 어디 있다고! 일단 양 공공의 추론을 끝까지 들어보자고!"

곽무덕은 그 말에 맞장구를 치려다가 최순잠의 표정을 보고는 얼른 입을 다물었다. 최순잠은 마치 장소를 가리지 않고 시끄럽게 떠드는 무뢰배를 보는 듯 불쾌한 표정을 지었다. 곽무덕은 자신의 입을 가볍게 쥐어박으며 더는 시끄럽게 말라고 스스로에게 경고했다.

황재하는 전혀 개의치 않고 계속해서 말을 이어갔다.

"사건에서 범인이 하는 모든 행동은 다 이유가 있습니다. 과녁 없이 쏘는 활은 없는 것이지요. 예를 들면 노부평이 대량의 용혈천향을 사용한 것은 몸에서 나는 피비린내를 감추고 왕 장군을 골목으로 유인하기 위함이었습니다. 그리고 거안 주사로 변장한 왕 장군의 얼굴을 드러내지 않기 위해 가면을 씌우고, 왕 장군의 피를 그 위에 발랐을 겁니다. 한밤중에 흔들리는 등롱 불빛 아래서는 한층 더 무시무시했을 것입니다. 어차피 자세히 보이지 않으니 그 사람이 왕 장군이라는 것을 알아보는 사람은 아무도 없었을 테고요."

더는 시끄럽게 하지 않으리라던 곽무덕이 또 참지 못하고 입을 열었다. "하지만 양 공공, 뭔가 하나 맞지 않는 게 있습니다. 비록 우리가 그 순간에는 자세히 살피지 못할 수 있지만, 좁은 골목 안에서 갑자기 시신 한 구가 나왔고, 저희 장군 손에 죽임을 당한 게 뻔한 상황인데 설마 저희가 시신을 가져가 검시도 하지 않겠습니까? 검시만 한다면 금방 들통이 날 텐데요."

"아니요. 여러분은 그 '시신'을 가져갈 기회조차 없었습니다. 이내 거안 사신이 찾아와 그들의 주사를 데려갔으니까요. 물론, 그 사신 역시 노부평이 변장해 나타난 것이었죠."

황재하는 부들부들 떨고 있는 노부평을 바라보며 차분하게 설명을 이었다.

"왕 장군을 순식간에 거안 주사로 변장시킨 뒤, 노부평은 피가 뚝뚝 떨어지는 가짜 청애를 들고 급히 밖으로 뛰쳐나갑니다. 그러고는 즉시 말을 타고 그곳을 떠나죠. 체격이 왕 장군과는 달랐지만 창졸간에 벌어진 일인 데다가 장화 속에 뭔가를 덧대 키까지 높였으니, 어둠 속에서 키가 좀 작았다 하더라도 그걸 눈치채는 사람은 없었을 겁니다.

노부평은 말을 타고 마차를 숨겨둔 골목으로 향했습니다. 손에 들고 있던 칼과 말에 걸려 있던 칼은 모두 모조품이었습니다. 노부평은 두 칼을 모두 내버린 뒤 즉시 거안 주사의 시체를 외지고 은폐된 장소로 옮겼을 것입니다. 그러고는 이번에는 거안 사신 복장으로 갈아입은 뒤 빈 마차를 이끌고 급히 막다른 골목으로 돌아와 쓰러져 있는 왕 장군을 보며 거안 주사가 틀림없다고 확인을 해줍니다. 거안 주사 어깨에 있던 모반은 노부평이 거안 주사의 옷을 벗기면서 보았을 겁니다. 그래서 왕 장군을 거안 주사로 변장시킬 때 동일한 위치에 푸른색을 칠했을 테고요.

그렇게 노부평은 골목으로 돌아와 곧 숨이 끊어질 듯 누워 있는 사람이 거안 주사인 것을 확인해준 뒤 주사로 변장한 왕 장군을 데려갑니다. 그러고는 주사의 시신을 숨긴 곳으로 돌아가 왕 장군에게서 가발과 가면을 벗긴 뒤, 왕 장군과 거안 주사의 옷을 원래대로 입힙니다. 그리고 거안 주사의 옷 옆구리에 난 칼자국을 따라 주사의 옆구리를 칼로 찔렀을 겁니다. 얼굴도 칼로 난도질했고요. 가면에 있던 모습 그대로 만들기 위해서 말입니다. 그 뒤로는 중상을 입어 정신이 혼미한 왕 장군을 어딘가에 버려놓고 몰래 소식을 전해 거안 사람이 주사의 시신과 혼절한 왕 장군을 찾게끔 하면 되었습니다. 그 모든 것은 이렇게 끝이 났고, 아무도 노부평을 의심할 수 없었을 겁니다.

노부평 당신은 왕 장군이 반드시 거안인 손에 죽게 될 거라고 생각했을 테죠. 그러면 당신의 계획은 완벽하게 성공했을 겁니다. 그런데 당신이 속한 옥성반의 반주가 찾던 사람, 그래서 당신이 반주 대신 말을 전해주었던 사람, 바로 제가 왕 장군을 찾아 당신의 죄목을 사람들 앞에서 낱낱이 파헤칠 줄은 꿈에도 생각지 못했을 겁니다."

황재하는 거기까지 말한 뒤 가볍게 한숨을 내쉬고는 자신의 추론을 마무리했다. "그리고 하늘이 당신에게 내린 가장 큰 징벌은, 완벽하게 모두를 속일 수 있었던 두 형제의 철저한 계획을 단숨에 망쳐버린 삼경 북소리였습니다."

성 안과 밖, 노부평이 살인을 저지르고 그것을 다른 이의 소행으로 꾸미던 그때, 경해 대정이 칼로 자신의 등을 찌르던 그때, 하필 그 순간, 돈황성 전체에 삼경 북소리가 울려 퍼졌다.

혼신의 힘을 다해 살길을 만들어보려 했으나, 매일 밤 울리는 북소리가 피할 수 없는 증거가 되어 그들의 모든 노력을 무너뜨렸다.

황재하는 결코 입을 떼지 않으려는 두 형제를 한참 동안 바라보다 결국 노부평을 향해 말했다. "사실 이 모든 일은 거안 주사로부터 시작된 것이죠. 그가 나타나지 않았더라면, 그래서 당신의 과거가 들통나지 않았더라면 이런 일은 없었을 겁니다. 어쩌면 당신은 계속 돈황에서 이국의 호희로 살면서 좋은 시절을 누리다 어느 날 홀연히 사람들 앞에서 사라졌겠지요. 안 그런가요?"

그때껏 아무 말 없이 황재하의 추리를 듣고만 있던 노부평은 그제야 흐느끼며 떨리는 음성으로 말했다. "맞아요……. 모두 다 그자 때문이에요. 그자가 나를 알아보고

협박하는 바람에……."

경해가 멍하니 노부평을 바라보다 낮지만 다급한 소리로 말했다. "아평, 말하지 마!"

"왜 나는 말하면 안 돼? 나도 원래는 평범한 사람이었다고! 어쩌다 내가 이런 괴물이 됐느냔 말이야!"

노부평이 목청을 높이니 스산하고 처량하기 그지없었다. "내가 그동안 무엇을 겪었는지 당신들이 알기나 해요? 아버지가 돌아가시고 어머니는 저와 여동생을 데리고 재가를 갔습니다. 처음에는 양부도 우리에게 잘해주었죠. 나중에 동생이 죽자 어머니가 너무 상심한 나머지 광증에 빠져 늘 제게 와서 여동생을 찾았어요. 저는 동생 옷을 입고 어머니를 위로해드리는 수밖에 없었습니다. 나중에는 동생 옷이 익숙해지더군요……. 어머니가 돌아가시자 양부가 저를 데리고 거안에 물건을 팔러 가면서, 저더러 여동생 옷을 입으라고 했습니다. 그때는 이유를 몰랐는데, 거안에 도착하자 양부가 저를 딸이라 속여 궁중에 팔아버렸습니다. 궁에서 남자인 것이 발각되어, 전…… 거세를 당하고 환관이 되었습니다……."

노부평은 그렇게 거안의 종으로 평생을 살고 싶지는 않았다. 그래서 출궁 행렬을 따라 성 밖으로 나왔을 때 사막에서 혼란한 틈을 타 달아난 것이다. 그 후 서역 각국을 떠돌며 생존을 위해 온갖 것을 익혔다. 함정을 놓고, 속이고, 빼앗는 등, 배울 수 있는 것은 뭐든 다 배웠다. 그러면서 점차 자신을 지키는 능력도 키웠다. 몸은 계속 성장했지만 목소리는 줄곧 여자아이처럼 부드럽고 매끄러웠으며, 울대뼈도 나오지 않았다. 골격이 여자처럼 섬세하고 부드럽진 않았으나, 그렇다고 건장한 남성의 몸도 아니었다.

노부평은 친아버지 집에 대해서는 기억이 없었다. 그래서 여기저기 전전하다 양부의 집을 찾았는데, 당초 자신을 팔았던 양부는 이미 무덤 속에 누워 있었다. 무덤에 풀이 무성했다. 노부평은 거안의 옷을 벗고 과거 여동생이 입던 옷을 찾아 억지로 껴입었다. 그러고는 어머니의 묘를 정리했다. 바로 그날 옥성반을 이끌고 공연을 하러 왔던 간우가 노부평의 목소리를 듣고 그를 눈여겨본 것이다. 노부평이 낡고 작은 여자아이 옷을 껴입고 있어서 어느 가난한 집 딸인 줄로만 알았던 간우는 노부평에게 옥성반에 들어와 노래를 배워보지 않겠느냐고 제안했다. 노부평은 속으로 웃었으나 다시 생각해보니, 어쩌면 과거에서 벗어나 새로운 인생을 살 수 있는 기회가 될 것 같았다.

그는 정상적인 삶을 살고 싶었다. 어차피 정상적인 남

자로는 살 수 없으니, 정상적인 여자로 살아보기로 택한 것이다. 언제까지 그렇게 살 수 있을지는 모르겠지만, 가능한 순간까지는 그러고 싶었다.

노부평의 시선이 사람들 뒤에 서 있던 간우에게로 천천히 향했다.

간우는 손발이 얼음장처럼 차가워졌다. 목소리도 딱딱해져 평소처럼 온화한 투로 말할 수 없었다. "너는…… 너는 지금껏 내게 네가 남자라고 말한 적이 없었어……."

"전 남자가 아니에요……. 그렇다고 제가 여자라고 말한 적도 없잖아요." 노부평이 간우를 응시했다. 과거 돈황을 감동으로 뒤흔들었던 맑고 깨끗한 스승의 목소리가 지금은 슬픔으로 가득 차 있었다. "하지만 반주께 감사드려요. 그동안 제게 언니처럼, 어머니처럼 대해주시고 성심을 다해 저를 가르쳐주셨어요. 그날 밤…… 거안 주사가 절 알아보는 일만 없었으면, 평생 반주 곁에 머물며 영원히 떠나지 않았을 거예요……."

애석하게도, 그의 인생은 이미 영원을 말할 수 없게 되었다. 그의 모든 바람이 웃음거리로 전락해버렸다.

그가 탕천의 가슴에 칼을 찔러 넣었을 때, 탕천은 마지막 몸부림을 치는 대신 노부평에게 '왜'라고 물었다.

'왜?' 노부평은 당시 자신이 울고 있었는지, 아니면 웃고 있었는지 알지 못했다.

다만 그때 자신이 한 말은 기억했다. "왜냐하면 내가 바란 여인의 삶을 당신이 무너뜨릴 것 같아서야."

에필로그

양관삼첩

새 불상의 낙성 대전이 거행되었으나, 옥성반 최고 명성의 호희 무라야한나는 끝내 그 모습을 드러내지 않았다.

어둠이 찾아오자 사방의 횃불과 등롱이 천불동 앞에 마련된 공터를 환히 비추었다.

수많은 사람이 기대하는 「양관삼첩」은 원래 두 사람이 부르기로 되어 있었으나, 가장 높은 대목인 삼첩을 부르기로 한 사람은 더 이상 무대에 오를 수가 없게 되었다.

황재하는 군중 속에 서서 오색 장막 안팎으로 걸린 등롱 불빛이 장막천에 반사되어 어지러이 반사되는 것을 보고 있었다. 비파, 거문고, 통소 등 수십 대의 악기가 합주를 하는 가운데 간우 홀로 무대에 올랐다. 눈에 띄지 않는 소박한 옷차림이었다.

하지만 그녀가 입을 열자 생황과 통소 등 모든 관악기 소리가 그녀의 목소리에 묻혀버렸다. 공연을 기다리며 무대 아래 객석에서 와자지껄 떠들던 소리도 그 순간 모두 그쳤다.

양관삼첩은 세 번의 첩(疊)과 열두 번의 전(轉)[40]으로 이루어져 있었다. 이는 돈황에서 가장 성행하는 곡이었다.

저음으로 노래가 시작되자 무대 아래서 흥얼거리며 따라 부르는 이도 있었으나, 여섯 번째 전환을 넘어서자 그 때부터는 더 이상 간우를 따라 부를 수 있는 사람이 없었다. 간우는 그토록 가볍고 여유롭게 부르는 음을, 다른 이들은 온 힘을 다해 불러도 흉내 낼 수가 없었다.

반주하던 악기 소리도 점차 간우의 노랫소리에 밀렸다. 또랑또랑하던 비파 음은 점점 급해졌고, 구성진 피리 소리는 목이 막힌 듯한 소리가 났다. 유일하게 간우의 노랫소리만이 한 가락, 한 가락 위로 솟구치며 밤하늘 구름 속으로 들어가는 것 같았다. 노랫소리가 마치 달빛과 별빛에

---

40 '첩'은 반복, '전'은 전환을 뜻함.

물들어 찬란하게 반짝이는 듯 더없이 영롱했다. 한 구절, 한 구절 간우의 입에서 흘러나와 천하를 휘감는 노랫소리에, 곤산의 옥이 부서지고 하늘의 은하수가 기운 듯했으며 눈앞의 불빛도 캄캄해졌다.

어둠 속에 멍하니 서 있던 황재하는 순간 모골이 송연하여 번쩍 눈을 떴다. 그제야 눈앞의 등불이 서서히 시야에 들어왔다. 청각에 너무 집중한 나머지, 눈으로 이 세상 광채를 살피는 것도 잊은 것이다.

이때, 따뜻하고 커다란 손이 서서히 다가와 황재하의 손을 꼭 잡았다.

황재하는 살짝 고개를 돌려 곁에 선 이서백을 바라보았다. 이서백도 고개를 돌려 황재하를 응시했다.

간우의 목소리에 이 세상은 색을 잃은 듯 했지만, 두 사람의 마음의 현은 강하게 울렸다. 둘은 서로를 바라보며 길 잃은 세상에서 유일하게 눈부신 존재를 만난 듯한 기분을 느꼈다. 저도 모르게 온몸이 미세하게 떨려왔다.

이서백은 주변의 수많은 인파에도 아랑곳하지 않고 팔을 뻗어 황재하를 품에 꼭 안았다. 두 사람은 그렇게 서로의 품에 기댄 채 조용히 간우의 노래를 감상했다.

더 이상 과거 꽃다운 시절의 청량한 목소리는 아니었지

만, 고음을 넘나드는 부분에서 한층 더 매끄럽고 감미로워진 목소리가 듣는 이들을 깊이 빠져들게 했다. 음을 겹겹이 쌓아 올리며 자유자재로 목청을 다루는 간우의 노랫소리는 눈앞의 천불동을 뚫고 저 멀리 바다까지 닿고 드넓은 구주 위를 감쌀 수 있을 것만 같았다.

노래에 깊이 잠겨 있던 황재하는 문득 의문이 들었다.

'이렇게 아름다운 목소리로 「양관삼첩」을 자유자재로 부를 수 있으면서, 왜 목청이 늙었다는 핑계로 이 성대한 무대의 주인공 자리를 무라야한나에게 양보하려 했을까?'

그런 생각에 골똘히 잠겨 있던 그때, 갑자기 바람을 타고 희미한 노랫소리가 들려왔다. 감미로운 간우의 노랫소리와 어우러진 동시에 한결 힘 있게 흩날리는 소리였다. 두 사람의 음성이었으나 수천수만의 사람이 한목소리로 노래하는 것 같았다. 순간 사막 위로 금종과 옥피리가 서로 격동하며 솟구쳐 오르는 장면이 펼쳐지는 듯했다.

이서백이 살짝 고개를 돌려 노부평을 가둬놓은 뒤편 동굴 쪽을 바라보았다. 황재하도 누구인지 진즉에 알아챘으나 그저 가만히 서서 심금을 울리는 천상의 소리에 귀를 기울였다.

열두 단계의 소리는 이미 가장 높은 음에 이르렀다. 곡의 후반부에 이르자, 음률이 한층 더 고조되어 모든 악기 소리가 더 이상 간우와 노부평의 소리를 따라가지 못했다. 타악기 소리만 남아 가볍게 박자를 맞추는 가운데, 간우와 노부평의 목소리가 서로에게 반주가 되어 허공에 울렸다. 두 사람의 노랫소리가 마지막 첩의 마지막 대목을 반복하며 음을 높이 쌓았다. 한 번 또 한 번 한숨을 내뱉 듯, 이 한 구절이 반복되었다.

'그대여 술 한 잔 더 받으시오, 서쪽 양관을 나가면 더는 벗도 없으리.'

100년 전 시인 왕유가 써내려간 시구가 100년 후 이곳 천불동 하늘에 은은하게 울려 퍼졌다. 비단길의 먼지 자욱한 풍광이 영원히 멸절되지 않고 남아 있는 것처럼 말이다.

그 후의 이야기 1

정월 대보름

홰나무에 등불 꽃이 피어나고, 사람과 달이 한자리에 모이는 날.

정월 대보름 밤, 집집마다 등롱이 내걸렸다. 약하게 눈발이 날려도, 양주의 크고 작은 길과 모든 집에 어김없이 각양각색의 등촉이 걸렸다. 부잣집들은 문 앞에 천막도 치고, 그 안에 등롱을 걸어놓고 가무를 즐겼다.

양주 운소원은 강남에서 가장 유명한 가무기원(歌舞技院)이었다. 밝은 달빛 아래, 등롱이 가득한 무대 위에서 한 무리의 소녀가 노래와 춤을 선보였다. 걸음을 멈추고 가무를 감상하는 사람들이 인산인해를 이루었다. 달이 중천에 떠올랐으나 노랫가락은 끊일 줄 모르고 거리는 여전히 사람들로 북적였다. 그 인파 속에서 어느 모자(母子)만은 군중 사이에 끼어들지 않고, 그리 멀지 않은 곳의 언덕배기에 올라 소녀들의 가무를 조용히 지켜보았다.

여인은 서른이 채 되지 않아 보였고, 푸른 비단옷 차림에 눈매가 곱고 눈빛이 맑게 빛났다. 그 곁의 일고여덟 살 정도 된 남자아이는 청록색 비단옷을 입고, 봉황을 탄 신선이 화려하게 그려진 등롱을 손에 들고 있었다. 불그스름한 불빛에 비친 자그마한 얼굴은 그림 속 인물처럼 준수했다.

푸른 옷의 여인은 미소를 머금고 가무를 감상했으나, 아이는 별 관심이 없는지 등롱만 가지고 놀다가 무료한 듯 나른한 목소리로 물었다. "어머니, 아버지는 아직도 행인(杏仁) 사탕을 못 찾은 걸까요? 차라리 우리가 아버지를 찾으러 가볼까요?"

여인은 부드러운 목소리로 차분히 말했다. "현담아, 조금만 더 기다려볼까. 저 가무를 보니 엄마가 예전에 알았던 벗들이 생각나네."

아이는 고개도 들지 않고 말했다. "벗은 무슨. 살인범 아니면 살해를 당한 사람이겠죠. 어머니랑 아버지한테 살아 있는 친구도 있어요?"

여인은 웃으며 손을 들어 아이의 머리를 쓰다듬었다.
"그게 무슨 소리야? 주 삼촌이랑 왕 삼촌은? 엄마랑 아빠
가 자주 데리고 가서 그 집 아이들이랑 같이 놀았잖니?"

"됐어요. 해골이나 안고 왔다 갔다 하는 주소석이랑 아
직 말에 올라타지도 못하면서 자기가 대장군이라도 된 것
처럼 우쭐대는 왕개양요?" 현담이 말할 필요도 없다는 듯
입을 삐죽였다. "울보 녀석들."

"넌 어렸을 때 그 애들보다 더 많이 울었어." 어머니는
봐주지 않고 반격했다.

현담이 고개를 번쩍 들고 불만 가득한 얼굴로 항변하려
던 그때, 한 여인이 뭔가를 찾는 듯 두리번거리며 두 사람
가까이 다가왔다. 스무 살 가량의 여인으로 자태는 제법
고왔으나, 소박한 무명옷 차림과 하나로 틀어 올린 머리에
는 아무 장식도 없어 전체적으로 무채색 느낌이었다.

그 여자가 바로 앞까지 왔을 때 푸른 옷의 여인이 물었
다. "뭘 잃어버리셨나 봐요?"

여자는 고개를 들지도 않고 미간을 찌푸리며 말했다.
"네, 금비녀를 떨어뜨렸어요."

평범한 백성에게 금비녀는 특히나 귀한 물건인데, 그걸

잃어버렸다니 결코 사소한 일이 아니었다. 현담이 재빨리 등롱을 치켜들며 말했다. "길에 눈이 쌓여서 잘 안 보일 것 같아요. 제가 등을 비춰드릴게요."

"아유, 고마워라." 무명옷의 여인은 그제야 고개를 들어 눈앞의 모자를 보았다. 둘에게서 범상치 않은 기품을 느낀 여인은 필시 평민이 아니리라 생각하고 급히 예를 갖춰 말했다. "조금 전에 남편하고 둘이 저기 나무 아래에서 등을 날리려는데, 갑자기 머리가 허전한 느낌이 들어서 보니 비녀가 없지 뭐예요. 그런데 글쎄 남편이 저 혼자 온 길을 되돌아가며 찾아보라잖아요. 한데 집까지 되돌아갔는데도 못 찾았답니다……."

여자는 그렇게 말하면서 현담과 함께 언덕배기 아래 버드나무로 향했다.

푸른 옷의 여인은 언덕 위에서 두 사람을 바라보고만 있었다. 현담은 등롱으로 발밑을 비추며 여자와 함께 버드나무까지 걸어갔다. 나무 아래에 웅크리고 앉아 땅바닥을 살피던 여자가 갑자기 찢어질 듯한 비명을 질렀다.

현담은 등롱을 들어 나무 아래 엎드려 누워 있는 사람의 형체를 비추었다. 그러고는 푸른 옷의 여인을 향해 외쳤다. "어머니, 여기 시신이 있어요!"

정월 대보름이라 순찰을 도는 포졸들이 적지 않았다. 마침 근처에 있던 포졸들이 비명 소리를 듣고 곧장 달려왔다. 포졸들은 몰려드는 구경꾼을 뒤로 물리랴, 바닥에 엎드려 누운 남자를 살펴보랴, 수첩을 들고 여자를 심문하랴, 분주했다.

"제 남편이에요. 이름은 아성이고요. 저는 위 가고, 다들 저를 홈 낭(娘)이라 부르고요······." 여자는 곧 숨이 넘어갈 것처럼 울며 간신히 말을 이었다. "남편은 손재주가 있어서 장신구를 만들어 먹고살았어요. 작년에 여기로 피난을 와서 저기 홰나무가 있는 우물 근처에 살고요. 조금 전에 등을 날리러 나왔다가 갑자기 비녀가 없어져서 비녀를 찾으러 집까지 갔다 돌아왔는데, 비녀는 못 찾고 어떻게 이런 일이······."

현담은 등롱을 든 채 어머니 곁에 서서 부인의 말에 귀를 기울이며 포졸들이 시신을 살피는 모습을 지켜보았다. 시신은 스물일고여덟 살가량의 남자로 목이 흉기에 베였고, 뿜어져 나온 피는 날리는 눈발에 덮여 가려졌다. 눈밭 위에 엎드린 몸 위에도 엷게 눈이 쌓였고, 손에는 금비녀를 꼭 쥐고 있었다.

대여섯 해 전에 유행한 양식의 금비녀였다. 당시에는

비녀에 여인의 이름을 즐겨 새겼는데, 이 비녀는 매화전자로 글씨가 새겨져 있었다. 언뜻 우아해 보이나 비녀를 만든 이가 매화전자에 익숙지 않은 모양으로, 글자체가 서툴러 그저 획만 맞게 그어놓은 것 같았다. 다만 글자의 왼쪽 부분 '음(畜)' 자만은 비파 위에 그림을 그리듯 제법 공을 들여 새긴 듯했다.

현담이 어머니의 귓가에 대고 나지막이 말했다. "어머니, 저건 '운' 자잖아요."

여인이 고개를 끄덕였다. "매화전자의 '운(韵)'과 '흠(歆)'은 꽤 비슷하게 생겼지."

포졸 하나가 시신이 손에 쥔 비녀를 가리키며 흠 낭에게 물었다. "부인이 찾던 게 이 비녀인가요?"

흠 낭은 두 손에 얼굴을 파묻었다. 손가락 사이로 눈물이 주룩 흘러내렸다. "네…… 그 비녀예요. 분명 없어졌었는데, 아무리 찾아도 보이지 않던 것이 어떻게 이 사람 손에……."

포두는 잠시 생각에 잠긴 채 눈 위에 나타난 흔적과 시신이 손에 쥐고 있는 비녀를 번갈아 바라보다가 입을 열었다. "볼 것도 없이, 부인이 남편을 죽인 거네."

흠 낭은 순간 휘청하더니 바닥에 풀썩 주저앉아서는 필

사적으로 고개를 저으며 떨리는 목소리로 말했다. "제, 제가 죽이다니요! 저희는 혼인 후로 지금껏 서로를 무척 아끼며 살아왔다고요······."

포두가 못 들어주겠다는 듯이 부인의 말을 끊었다. "아까 우리가 왔을 때부터 이미 훤히 다 보이더구먼. 눈 위에 발자국이 네 줄 있었잖소. 왔다가 돌아간 이 두 줄은 부인 거고, 다른 두 줄은 나무 아래로 걸어온 발자국인데, 눈에 반쯤 묻힌 큰 발자국은 남편 거고, 작은 거는 이 아이 발자국이겠지. 눈이 내린 지 족히 두 시진은 됐는데 시신에 아직 체온이 있는 걸 보면 남자가 숨진 지 얼마 되지 않았단 얘기고, 그동안 세 사람 외에 이 나무 근처에 왔다 간 사람의 흔적이 없지 않소. 이 아이는 조금 전에 부인이랑 함께 왔으니 당연히 범인이 아니고, 그럼 용의자는 부인밖에 없잖소."

다른 포졸도 옆에서 거들었다. "부인이 범인이 아니라면, 남편이 왜 부인의 비녀를 꼭 쥐고 있겠어요?"

"억울해요. 제····· 제가 죽이지 않았어요!" 훔 낭은 사색이 되어 필사적으로 고개만 내저을 뿐, 뭐라고 변명의 말도 하지 못했다.

"끌고 가." 포두가 손을 내젓자 포졸들이 쇠사슬로 금세 부인을 포박했다.

　포졸들이 거칠게 부인을 잡아끄는 모습에 현담의 눈살이 찌푸려졌다. 현담은 시신이 쥐고 있는 비녀에 잠시 시선을 주었다가 어머니의 소맷자락을 잡아당겼다.

　여인이 현담의 머리를 쓰다듬으며 포두를 향해 낭랑한 목소리로 말했다. "포두 나리, 제 생각에 그 부인은 범인이 아닌 것 같은데, 괜찮으시다면 제 생각을 말씀드려봐도 될는지요?"

　포두는 상대할 가치도 없다는 듯 여인을 흘끔 쳐다보았다. "아녀자의 의견 따위로 공무를 방해할 생각은 마시오."

　포두의 푸대접에도 여인은 미소를 보이며 품에서 영패를 꺼냈다. "기왕부 사람입니다. 편의를 한번 봐주시면 고맙겠습니다."

　포두는 순간 어리둥절했으나, 금테를 두르고 은으로 상감한 영패를 보니 칙명으로 만들어진 것이 분명한지라, 황급히 포졸들과 함께 여인을 향해 예를 갖추었다. 목소리마저 떨렸다. "기왕 전하께서 천하에 이름을 떨치신 후로 전하를 흠모해온 지 오래입니다! 전하께서 왕비 전하와 함께 여러 해 전에 장안을 떠나 두루 돌아다니신다는 이야기를 들었고 간혹 두 분의 행적을 듣기도 했지만, 이 먼 양주하고는 상관없는 일인 줄로만 알았는데……. 그럼 기왕 전하가 지금 양주에 계시는 겁니까?"

여인도 예를 갖추며 대답했다. "전하께선 오시지 않았습니다. 그저 제가 양주에 일이 있어서 들렀지요."

포두가 재빨리 다시 물었다. "왕비께서도 왕년에 기이한 사건들을 많이 해결하셨다고 들었습니다. 저희들이 얼마나 존경하는지 모릅니다. 부인께서는 왕비 전하 곁에 계시는 분인가요? 이 사건을 어떻게 보십니까?"

"정말 저 부인의 소행이었다면, 범행 후 왜 이렇게 빨리 현장으로 돌아와 화근을 만들었을까 하는 의문이 들었을 뿐입니다." 여인은 자신의 신분에 대해서는 아무 대답도 하지 않고 영패를 다시 품에 챙겨 넣은 뒤, 나무 아래 시신을 보며 말했다. "눈 위에 찍힌 발자국은 계속 내린 눈에 거의 묻혔으니, 부인은 조금 전 언덕 위에서 남편이 이미 자리를 떴다고 말한 뒤 슬그머니 달아나도 되는 상황이었지요. 더 시간이 지나면 모든 발자국이 눈에 덮이고 사망시간도 추정하기 어려웠을 테니, 부인이 좀 더 나중에 돌아왔다면 남편이 숨진 당시 누가 현장에 있었는지 밝혀낼 길이 없었을 겁니다. 그러면 단순한 강도 살인 사건으로 결론 날 가능성이 높지 않았겠습니까?"

포두는 고개를 끄덕이면서도 여전히 의구심을 가지고 말했다. "때로는 범인들이 그렇게 어리석기도 하지요. 저도 그런 경우를 본 적이 있고요……."

"잠시 부인과 몇 마디 나누도록 해주시겠어요?" 여인은 부인을 부축해 일으켰다. 이마 앞으로 헝클어진 부인의 머리를 매만져주며 나지막한 소리로 물었다. "운 낭이 누구인가요?"

흠 낭의 창백한 얼굴이 순식간에 새파랗게 질렸다. "부인이…… 운 낭을 어떻게 아시죠?"

여인이 부드러운 목소리로 말했다. "누명을 벗고 싶다면 제게 빠짐없이 말해주세요."

"그런데…… 저희가 고향을 떠나 이곳 양주로 온 게 지난해 말인데, 어떻게 운 낭을 아시는 건지……."

푸른 옷의 여인이 온화하지만 단호한 표정으로 바라보자, 흠 낭은 잠시 망설이다가 결국 떨리는 입술을 열어 중얼중얼 말했다. "운 낭하고 저는 같은 날에 태어났어요. 이름도 한날 문중 어른이 함께 지어주셨고요. 우리가 살던 마을은 위씨 가문이 모여 살아서, 온 동네 사람이 다들 멀고 가까운 친척 관계였어요……. 우리가 대여섯 살 때

운 낭의 어머니가 의지할 곳 없던 먼 친척 아성을 집에 거두고, 아직 어리던 둘을 일찌감치 정혼시켰어요. 놀 때는 늘 우리 셋이 같이 놀았지만, 사실 그 둘의 관계는 달랐던 거죠……."

푸른 옷의 여인은 시선을 내려뜨리고 담담하게 말했다. "하지만 훗날 아성과 혼인한 사람은 부인이고요."

"네……. 원래는 운 낭이 아성과 혼인해야 했죠. 저도 몇 번 얼굴을 본 정혼자가 있어서, 우리 둘 다 각자 혼수를 준비했어요. 아성이 성에 있는 금은방에서 기술을 배운지라, 혼수로 할 비녀는 아성에게 부탁했죠. 둘이 똑같은 모양으로 만들고, 우리 각자의 이름도 새겨달라고요." 흠 낭이 초점 잃은 눈으로 남편 손의 금비녀를 응시했다. 초췌한 얼굴에 처량한 표정이 드리웠다. "지금은 저런 모양이 별로 인기 없지만 그때는 꽤 유행이었고 우리도 무척 소중히 아꼈어요. 지금까지도 화장함 제일 깊숙이 보관하고 있다가 명절 때만 한 번씩 꺼내어 꽂을 정도로요……."

현담은 이해하기 어려운 이야기여서 무료함에 눈만 껌뻑였지만, 어머니가 진지하게 듣고 있는 걸 보고는 계속해서 귀를 기울였다.

"그때 우리 둘은 각자 집에서 혼례복을 만드느라 무척

바빠서, 비녀를 챙긴 후로는 다시 만나지 못했어요…….
그런데 혼례 날이 가까워졌을 때, 운 낭이 외할머니의 전
갈을 받았대요. 할머니가 다리가 불편한데 손녀가 출가하
기 전에 얼굴이라도 한 번 더 보고 싶다고요. 그래서 외할
머니 집에 가려고 운 낭이 길을 나섰는데, 마침 며칠 동안
큰비가 내려서 산길이 빗물에 엉망이 됐던 거예요. 그때
운 낭이 발을 헛디디는 바람에…….” 흠 낭은 더 이상 말
을 잇기 힘든 듯 손으로 얼굴을 가렸다.

현담이 깜짝 놀라 눈을 크게 떴다.

비록 오래전 일이지만 흠 낭은 여전히 몹시 괴로운 듯
가슴을 치며 낮은 소리로 말을 이었다. “운 낭이 세상을
떠난 뒤…… 아성은 그 무덤 옆에 누워서 먹지도 자지도
않고, 자신도 따라가겠다며 난리도 아니었어요. 그때 운
낭이 제 꿈에 나왔는데, 우리가 친자매의 정을 나누었으니
더 이상 아성 곁에 있을 수 없는 자신을 대신해서 아성을
돌봐달라고 하더라고요. 그것도 며칠 밤 내내 말이에요.
저는 하는 수 없이 운 낭 대신 아성에게 시집가게 해달라
고 부모님께 간청드렸지요. 문중 어르신들도 운 낭과 아성
이 불쌍했는지 그 청을 허락해주셨고, 그래서 제가 아성과
혼례를 치르게 되었답니다…….”

흠 낭이 털어놓는 이야기에 주위의 다른 사람들은 모두 속으로 탄식만 하고 있었는데, 푸른 옷의 여인은 이런 질문을 던졌다. "당시 운 낭의 시신은 찾았던가요?"

흠 낭이 고개를 끄덕였다. "그날 산골짜기에서 찾았는데…… 얼마나 굴렀는지 온몸이 피투성이었어요……."

"운 낭의 비녀는요?"

"그 작은 물건이 절벽 아래로 떨어졌는데 어찌 찾겠어요?" 흠 낭은 얼굴을 가린 채 울먹이며 말했다.

푸른 옷의 여인이 질문을 이었다. "그럼 부인의 이전 정혼자는요?"

"제 여동생이 그리로 시집을 갔어요. 지금은…… 굉장히 화목하게 잘살고 있어요……. 저와 아성도 그렇게 사이가 좋았는데……."

푸른 옷의 여인은 고개를 돌려 나무 아래 꼼짝 않고 누워 있는 아성을 바라보며 담담하게 입을 열었다. "그런가요? 어쩌면 부인은 좋았을 수도 있겠죠. 하지만 남편분이 연모한 사람은 어쨌거나 부인이 아니었던 거예요. 부인도 온갖 시도를 다 해봤겠죠. 심지어 친자매처럼 정을 나눈 운 낭을 죽이기까지 했지만 남편분의 마음은 얻지 못했어요."

244

여인의 어조가 갑자기 냉담하게 변하자 흠 낭은 순간 소스라치게 놀라 저도 모르게 몸을 움츠렸다. "그게······ 그게 무슨 소리예요! 어떻게 내가······ 운 낭을 죽였다 는 거죠? 운 낭을 알지도 못하면서 함부로 지껄이지 마세 요······."

포졸들은 도무지 이해가 가지 않는다는 표정으로 푸른 옷의 여인을 바라보았다. 조금 전 흠 낭이 남편을 죽였다 고 결론지었을 때, 의문을 제기한 사람은 바로 그녀였다. 그런데 잠시 몇 마디 대화를 나누더니 이제는 흠 낭이 살 인을 했다고 단정 지을 뿐만 아니라, 살해 대상은 이미 죽 은 지 오래인 다른 인물이었다.

사람들은 영 갈피를 잡지 못하고 그저 서로 눈만 마주 쳤다. 누구 하나 나서서 끼어드는 이가 없었다.

푸른 옷의 여인이 계속해서 말을 이어갔다. "남편분이 왜 갑자기 이곳에서 죽었는지 아세요? 운 낭의 죽음에 얽 힌 진실을 알게 되었기 때문이에요. 어쩌면 줄곧 운 낭을 연모하고 있었는지도 모르고, 어쩌면 한 이불을 덮고 자는 사람이 살인범이란 사실을 믿고 싶지 않았을지도 모르겠 네요. 부인과 함께하면서 정말로 부인을 은애했는지도 모 르고요. 부인에게 직접 손을 쓸 용기는 나지 않을 정도로요. 그래서 부인의 비녀를 손에 쥐고 있었던 거예요. 그러면 자신이 운 낭을 따라간 뒤에라도, 부인은 관아에서 처벌할 테니까요. 운 낭을 위한 복수인 거죠."

흠 낭은 벌겋게 핏줄이 터진 눈으로 여인을 노려보았다. 실성한 듯 보이는 그 모습이 굉장히 공포스러웠다. "말도 안 되는 소리! 우리가…… 서로를 얼마나 은애했는데! 최근 몇 해는 운 낭을 언급하는 일도 점점 줄어들었다고요. 그런데 어떻게…… 내가 운 낭을 죽였다고 그이가 생각했다는 거죠?"

"어쩌면 부인의 어떤 동작 하나, 어떤 말 한마디에서 돌연 깨달았는지도 모르죠. 혹은 부인이 화장함 깊숙이 숨겨둔 것이자, 자기 손으로 직접 만든 그 금비녀 때문일 수도 있겠고요……." 여인이 손을 뻗어 금비녀를 가리켰다. "평소에는 아까워서 잘 꽂지 않는다고 하셨죠. 그럼 새해를 맞을 땐 분명 비녀를 꽂았겠고요. 아마도 이번 명절 때 남편분은 자신이 직접 만든 비녀를 자세히 들여다봤다가 그만 진상을 알게 됐을 겁니다……."

흠 낭은 온몸을 떨면서 눈을 부릅뜨고 남편이 손에 쥔 비녀를 죽일 듯이 노려볼 뿐, 아무 반박도 하지 않았다.

푸른 옷의 여인이 시체 옆으로 다가가 비녀를 빼 들고

천천히 입을 열었다. "운 낭이 혼자 산길을 가다가 절벽에서 굴렀다는 말은 아마도 사실이 아니겠지요? 분명 또 다른 사람이 함께 있었을 테니까요. 바로 부인 말이에요."

현담은 등롱을 들고 입을 크게 벌린 채 반짝이는 눈빛으로 자신의 어머니를 바라보았다. 포졸들 또한 입을 떡 벌리고는 여인 손에 들린 비녀를 바라보며 이어지는 말에 귀를 기울였다.

"금 장신구는 가장 귀한 혼수였을 테니, 출가 전에 할머니를 뵈러 갈 때도 당연히 정혼자가 만들어준 금비녀를 가져가 보여드리고 싶었을 겁니다. 그리고 부인은 그 험준한 산길에서 운 낭을 따라잡았겠지요. 하지만 단숨에 운 낭을 밀어뜨리지는 않았을 테고, 잠시 밀고 당기며 몸싸움을 벌였을 겁니다. 그 과정에서 두 사람의 비녀가 땅에 떨어졌는데, 부인의 비녀는 운 낭과 함께 골짜기로 떨어지고, 운 낭의 비녀는 산길 위에 떨어졌을 거예요. 하지만 부인은 바닥에 떨어진 걸 부인 것이라 생각했겠죠. 두 사람의 이름자가 무척 비슷했으니까요. 게다가 매화전자는 쉽게 알아보기 어려운 서체이고요⋯⋯."

여인은 흠 낭의 손에 금비녀를 쥐여주고는 잘 보이게 눈앞에 갖다 대주었다. "추측하기로 부인은 글을 모를 테고, 매화전자는 더더욱 모를 겁니다. 하지만 그 서체를 배운 사람이라면 이 글자가 '흠' 자가 아니고 '운' 자라는 사실을 잘 알 거예요. 비녀 위에 새긴 글씨가 너무 작은 데다가, 두 글자가 워낙 비슷하게 생긴 탓에 남편분도 여러 해가 지난 후에야 알게 됐겠지요…… 이 비녀가 운 낭의 것이라는 사실을 말입니다."

흠 낭은 털썩 주저앉더니, 금비녀를 손에 꼭 쥐고서 남편을 매섭게 노려보다가 바닥에 엎드려 통곡했다.

"혼수 준비를 시작하면서 운 낭과는 다시 만난 적이 없다고 하셨는데, 그럼 죽은 운 낭의 비녀가 어떻게 언제 부인의 손에 들어갔겠습니까?" 여인이 부인을 바라보며 차분한 목소리로 말했다. "어릴 때부터 함께 자라온 사이였으니 출가를 앞두고는 서로 헤어질 것을 아쉬워해야 마땅하지 않겠습니까. 그런데 갑자기 왕래가 끊겼다고요? 분명 아성 때문에 두 사람 사이에 무슨 문제가 생겼던 거겠죠. 부인은 끝내 친자매와도 같았던 운 낭의 정혼자를 빼앗았습니다. 하지만 결국 세 사람 모두의 인생을 해친 꼴이 되었네요."

흠 낭은 금비녀를 손에 꽉 움켜쥐었다. 비녀가 손바닥을 찔렀으나 아무런 고통도 느끼지 못하는 듯 그저 멍하니 앉아만 있었다.

"그런데 한 가지 풀리지 않는 의문이 있어요. 운 낭을 쫓아갔을 때, 왜 금비녀를 하고 갔던 거죠? 그날 꽂고 가지 않았다면, 비녀가 바뀔 일도 없었을 텐데요."

"저도…… 죽이려던 건 아니었어요. 그날 산길까지 쫓아간 건 그저 아성을 내게도 조금 나눠달라고 간청하고 싶어서였어요. 전…… 첩이 되는 것도 상관 없었으니까요……." 흠 낭의 목소리가 꽉 잠겨들었다. "비녀를 보여주며 말하고 싶었어요. 우리 둘이 같은 삶을 살 수 있다고요. 지금껏 늘 함께했고 똑같은 혼수품도 가지고 있으니까요. 내게 아성을 양보할 수 없다면, 우리 두 사람이 함께 아성에게 시집을 가도 되잖아요. 그렇지 않은가요……."

푸른 옷의 여인은 긴 한숨을 쉬며 낮은 소리로 말했다. "그럴 수는 없는 것이지요."

흠 낭이 가슴께를 움켜쥐었다. 흐느낌은 멎었지만 숨소리는 거칠고 무거워졌다. 손에 쥐고 있던 비녀가 어느새 가슴 깊숙이 찔려 있었다.

"맞아요…… 그럴 수 없겠죠. 운 낭도…… 단번에 거절하더군요. 그러다 실랑이가 벌어져 서로 밀치락달치락하다가, 산길이 비에 물러진 것도 모르고 운 낭이 발을 헛디

디는 바람에……."

그때 포졸들이 급히 흠 낭에게 달려들어 손을 잡아뗐으나, 이미 심장을 찌른 듯 가망이 없어 보였다. 흠 낭이 눈을 크게 뜨고 푸른 옷의 여인을 쳐다보았다. 뭔가 묻고 싶은 것이 있는 듯했으나, 결국 아무 말도 하지 못하고 그대로 쓰러지고 말았다.

시신 두 구로 현장은 한바탕 소란이 일었다. 포졸들은 부부의 시신을 들어 한곳으로 옮겨놓았다. 머리와 어깨를 나란히 하고 눕혀놓아 두 사람의 상처만 아니었다면 서로 다정히 누워 있는 것처럼 보였을 것이다.

푸른 옷의 여인은 낮게 한숨을 내쉬고 아들의 손을 잡고 돌아서며 그 자리를 떠났다.

현담은 여전히 손에 등롱을 들고 있었다. 짧아진 초는 곧 다 타버리기 직전이었다. 현담은 가물가물한 불빛 속에 고개를 돌려 버드나무 아래 눈밭에 모인 사람들을 바라보다가, 문득 무언가 떠올랐는지 재빨리 입을 열었다. "어머니, 또 한 가지 의문점이 있어요. 방금 그건 설명 안 해주셨어요."

여인이 고개를 숙여 현담을 보며 눈을 깜빡였다.

"저 남자는 자살한 거라고 하셨잖아요. 시신 주변에 흙기 같은 건 보이지 않았는데, 어떻게 죽은 거예요?"

"흉기를 옆에 두면 자살이라는 사실이 금방 드러나니, 당연히 숨겨두었겠지."

현담이 어머니의 손을 잡아당기며 물었다. "어디에요? 저는 전혀 못 봤는데요."

"당연히 보이지 않겠지. 기억 안 나? 부인이 원래는 남편과 함께 나무 아래로 등을 날리러 왔다고 했던 말. 하지만 우리가 갔을 때 현장은 깜깜했잖니. 등은 어디에도 없었어."

"그럼 등은 또 어디로 간 거죠?" 현담은 의아해하며 잠시 생각에 빠졌다가, 어머니가 고개를 들어 하늘을 보자 그 시선을 따라 함께 하늘을 올려다보았다.

부슬부슬 눈이 날리는 하늘 위로 은은한 빛이 점점이 반짝였다. 사람들이 띄워 보낸 천등이 하늘 높이 끝 모르고 날아오르는 광경이었다.

"남편이 장신구를 만드는 사람이었으니, 가볍고 얇은 칼 한 자루 만드는 것쯤은 일도 아니었을 거야."

현담은 어머니의 이야기에 눈이 휘둥그레져서 멀리 사라져가는 불빛들을 멍하니 바라보았다.

그 순간 훌훌 날리던 눈과 둥둥 날아오르던 천등이 동

시에 우산에 가려졌다. 현담은 미소를 띠고 자신을 내려다보는 아버지를 보았다.

어머니도 미소를 지으며 아버지 손에서 우산을 건네받아 높이 받쳐 들었다.

아버지는 현담을 번쩍 안아 올리고는 차갑게 언 자그마한 손에 호호 따뜻한 입김을 불어주었다.

가족은 불빛이 가장 환하게 밝혀진 곳으로 걸음을 옮겼다. 현담이 아버지 품에 안겨서 속삭이듯 조잘거렸다. "아버지, 아버지께 일러바칠 게 있어요. 어머니가 오늘 또 남의 일에 참견한 거 있죠?"

"음, 그것도 나쁘지 않지. 어쨌든 살인 사건이 있는 곳이면 네 어머니가 있을 테니, 이 아버지도 두 사람이 어디 있는지 찾기 쉬울 게 아니냐."

"오늘 어머니 정말 대단했어요. 한 번에 두 가지 사건을 해결했거든요. 하나는 오늘 일어난 사건이고, 또 하나는 몇 년 전에 일어난 사건이었어요."

"네 어머니야 늘 대단하지. 설마 현담이는 그걸 이제야 안 게야?"

"아버지, 저도 엄청 대단했어요. 아버지가 가르쳐주신 매화전자를 단번에 알아봤거든요. 아마 제가 아니었으면 오늘 사건은 해결하지 못했을걸요!"

"오? 우리 현담이가 어머니보다 더 대단하구나. 어머니
는 열두 살 때 이름을 떨쳤는데, 우리 현담이는 이제 겨우
여덟 살이니 말이다."

"그러니까요! 이제 온 천하가 제 이름, 이현담을 알게
될 날도 머지않았다고요!"

그 후의 이야기 2

이 집에서 제일 서열이 낮은 사람

이현담은 자신이 세상에서 가장 불행한 아이라고 느꼈다.

함께 글공부하는 주소석은 정말이지 행복해 보였다. 얼마나 멍청하면 여덟 살이 됐는데도 여태까지 천자문을 더듬거렸는데, 소석의 아버지, 그러니까 이현담에게는 '자진삼촌'인 주자진은 주소석을 품에 안고서 늘 싱글벙글 웃으며 말했다. "우리 딸은 어쩜 이리도 똑똑할까! 과연 날 닮은 게야!"

어찌 안 닮았을까! 온갖 희한한 건 다 할 줄 알면서 서른 살이 되도록 천자문 하나 제대로 못 외우니!

그리고 왕개양도 행복해 보였다. 아버지 왕온은 자주 집을 비우셨고, 그 어머니는 얼마나 속이기 쉬운지 몰랐다. 서당에서 왕개양은 말썽이란 말썽은 다 피우는 아이였다. 스승님이 왕개양의 행실을 일러바치는 서신을 집에 들려 보낼 때마다 왕개양은 서신을 버려 버렸다. 그래놓고는 이현담에게 스승님 필적을 모방해 서신을 다시 써달라고 졸랐다. 이현담이 '대필'해준 서신 내용은 대충 이랬다. '귀댁의 공자는 순수하고 선량하여, 필시 대성할 그릇입니다.' 매번 서신을 가져갈 때마다 왕개양 어머니가 얼마나 기뻐했는지 모른다.

이현담은 왕개양이 버린 스승님의 서신을 모조리 기억하고 있었다. 혹 왕개양이 자신에게 감히 나쁜 짓이라도 저지를라치면 곧장 왕개양 아버지를 찾아가, 그 앞에서 스승님의 서신을 처음부터 끝까지 읊어줄 생각이었다.

그날은 현담이 주소석, 왕개양과 함께 수업을 빼먹고 놀러 간 일 때문에 스승님께 호되게 꾸지람을 들었다. 스승님은 여지없이 그들의 잘못을 낱낱이 기록한 서신을 각자의 손에 들려 보냈다. 주소석과 왕개양은 현담이 써준 가짜 서신을 가지고 신이 나서 집으로 향했고, 현담은…….

다음날 주소석이 물었다. "현담 오라버니, 표정이 왜 그렇게 안 좋아?"

"내가 쓴 가짜 서신을 아버지가 단번에 알아채는 바람에 한바탕 혼쭐이 났어. 아버지가 뭐라 하신 줄 알아? 내가 붓을 댈 때와 뗄 때의 자세를 잘못 모방했다는 거야."

왕개양이 물었다. "현담아, 왜 이렇게 풀이 죽었어?"

"밥 먹을 때 어머니가 손톱으로 내 손등을 긁어보시더니, 손등에 긁힌 흔적으로 내가 물에 손을 담근 것과 물고기를 만졌다는 것을 추리해 내셨어. 그래서 스승님이 서신을 보낸 이유가 내가 수업을 빼먹고 물고기를 잡으러 간 것 때문인 것을 유추하셨지…….."

"현담아, 너 정말 가엽다."

"가여워하지 않아도 돼. 우리 어머니가 이미 너희 집으로도 찾아가셨을 테니까. 세 어머니가 모여서 우리 셋을 어찌하면 좋을지 상의한다고 하셨어."

그 말에 주소석이 울음을 터뜨렸다.

왕개양도 화들짝 놀라 물었다. "부모님께 들켰다고 우리까지 고자질한 거야?"

"아니야! 원래는 아버지도 모르는 척해주려고 하셨어.

한데 내가 위조한 서신에 너희 서신을 위조한 먹자국이 살짝 배어 있었던 거야. 거기다 우리 셋이 늘 붙어 다니니까, 어머니께서 이 일이 너희와도 관련 있다고 판단하신 거고……."

"흑, 이번엔 정말 죽었다……." 왕개양이 눈물이 뚝뚝 떨어지는 얼굴을 감쌌다.

결국 그날, 이현담은 바닥에 서책을 펼쳐놓고 그 앞에 무릎을 꿇고 앉아 있었다. 빼먹은 수업 내용을 모조리 외울 때까지는 밥 한 톨도 먹을 수 없다는 엄명이 떨어진 터였다.

기왕 전하는 다섯 살 난 딸을 품에 안고 있었고, 기왕비는 싱긋이 웃으며 손에 든 회초리를 가볍게 까딱이고 있었다. 평소 그렇게도 바쁜 두 사람이 오늘은 특별히 짬을 내어 친히 이현담을 감시했다.

여동생이 밀전[41]을 먹으며 다가오더니, 서책을 외고 있는 이현담을 향해 천진난만한 미소를 지어 보였다. "오라버니, 어머니가 그러는데, 그 책 다 못 외우면 밥 못 먹

---

41 꿀에 절인 간식.

는대."

이현담이 고개를 축 늘어뜨린 채 투덜거렸다. "어머니 낭군님더러 외우라 그러든지. 한 번 보면 다 기억하는 능력은 나한텐 없단 말이야."

동생이 가까이 다가와 현담의 귓가에 속삭였다. "걱정 마, 오라버니. 내가 구해줄게."

이현담은 의심스러운 눈초리로 동생을 바라보았다. "네가 뭘 어떻게 구해준다고 그래. 너 어머니 별명이 '냉혈 염라대왕'인 거 몰라?"

"그럼 어머니 말고 아버지한테 풀어달라고 하면 되지."

"그건 더 안 통하지. 조정 사람들도 죄다 아버지를 무서워하잖아. 온종일 표정이 얼마나 차가운지, 어머니 앞에 있을 때 빼고는 웃는 걸 본 적도 없는 거 같아!"

"거짓말, 나한테는 늘 빙그레 웃으며 말하시는데?"

"쳇……. 그거야 아버지가 널 예뻐하니까 그렇겠지."

동생은 현담의 말에 아랑곳하지 않고 몸을 돌려 이서백에게로 달려갔다.

이서백은 달려오는 딸을 맞으려 몸을 숙이고 두 팔을 활짝 벌렸다. 한데 갑자기 어딘가에 발이 걸렸는지 딸이 넘어지고 말았다. 바닥에 두꺼운 파사국 양탄자가 깔려 있긴 했지만, 그래도 이서백은 속상했다. 이서백이 딸을 덥석 안아 올려 무릎을 문질러주며 부드러운 목소리로 물었다. "우리 딸 많이 아파?"

"아파, 무릎이 아파요. 문질러줘." 딸이 응석을 부리며 입을 삐죽였다.

황재하가 들고 있던 공문서를 내려놓고 딸의 치마를 들어 무릎을 살폈다. 피부가 새하얀 것이, 아무 이상도 없어 보였다.

황재하가 이서백에게 눈짓을 했다. '연기 중입니다.'

이서백도 눈짓으로 답했다. '이렇게 어린 애가 어찌 연기를 한다고.'

하지만 아니나 다를까, 딸이 갑자기 훌쩍거리며 말했다. "아버지 말고, 오라버니가 문질러줘. 오라버니가 문질러……."

황재하가 씨익 웃으며 이서백을 보았다. 이서백은 살짝 민망해하며 하는 수 없이 딸을 달랬다. "오라버니는 벌을 받고 있어서 지금은 서책을 외워야 한단다."

"오라버니가 문질러달라고! 아야, 아파. 빨리 오라버니가 문질러줘. 나 사탕 먹고 싶어. 오라버니랑 같이 사탕 먹으러 갈래. 오라버니랑 꽃도 꺾고, 나비도 잡을 거야!"

"그래, 그래. 알았다, 가거라." 이서백이 딸을 내려놓자, 딸이 곧장 달려가 오라버니 손을 잡고 밖으로 향했다.

"꼬맹이가 벌써부터 아버지를 속여 먹다니." 손잡고 나란히 나가는 남매를 바라보며 이서백은 왠지 울적했다.

"누가 기왕 전하의 약점을 다섯 살 아이도 알아보게 하래요?" 황재하가 미소 지으며 말했다. "딸이 속이는 거 뻔히 알면서도 기분이 좋아 싱글벙글하는데, 그걸 누가 모르겠어요?"

이서백은 껑충껑충 뛰는 딸에게서 시선을 돌려 황재하를 바라보았다. 이서백의 얼굴에도 미소가 떠올랐다. "어쩔 수 없지, 누가 당신 꼭 닮은 딸을 낳으래?"

황재하는 입꼬리를 올리며 이서백의 팔을 끌어안고 그의 어깨에 가볍게 얼굴을 기댔다.

"현담아." 자신을 부르는 소리에 고개를 돌린 현담은 부모님에게서 매몰찬 말을 들었다. "동생이랑 놀아주고 나서 서책도 외워야 한다. 명심하거라."

대청에서 다정하게 서로 기대고 있는 부모님을 바라보며 현담은 다시 한 번 확신했다. 자신이 세상에서 가장 불행한 아이라는 걸.

아버지는 너무 용맹했고, 어머니는 너무 총명했다. 그런 두 사람이 연합했으니, 그 앞에서 장난치고 소란 피울 기회가 어디 있겠는가. 게다가 이제는 동생까지 부모님의 사랑을 독차지하고 있었다…….

이현담은 울면서 생각했다. '이 집에서 제일 서열이 낮은 사람은 나였던 거야!'

지은이 처처칭한 側側輕寒

1980년대 이후에 태어난 바링허우 세대로 쌍둥이자리.

책 읽는 것을 좋아하지만 깊이 파고들지 못하고, 꽃 키우는 걸 좋아하지만 억울한 죽음이 이루 말할 수 없을 정도로 많다. 옛 지도를 보며 고대도시의 모습을 마음껏 상상하는 것이 취미다. 가슴에 품은 유일한 꿈은 방 안에 여유롭게 앉아 10년을 글을 쓰며, 100가지 사랑 이야기와 1,000년의 역사를 독자들의 마음에 전하는 것이다.

주요 작품으로는 『잠중록』, 『천의 얼굴』, 『광망기』, 『포말하우트』, 『봉지도훈』 등이 있으며, 현재 진강문학성에서 장편소설 『사남』을 연재 중에 있다.

옮긴이 서미영

부경대학교에서 국제지역학을 전공했으며, 중국을 오가며 출판기획과 번역을 겸하고 있다.

옮긴 작품으로는 『잠중록』, 『대당여법의』, 『삼천아살』, 『표인, 표적을 지키는 자』 등이 있다.

잠중록 외전

1판 1쇄 발행 2021년 10월 13일
1판 3쇄 발행 2023년 2월 1일

지은이 처처칭한 **옮긴이** 서미영
펴낸이 김영곤 **펴낸곳** (주)북이십일 아르테

아르테출판사업본부 문학팀 김지연 임정우 원보람
해외기획실 최연순 이윤경 **디자인** 소요 이경란
출판마케팅영업본부 본부장 민안기
출판영업팀 최명열 김다운
마케팅2팀 나은경 정유진 박보미 백다희
제작팀 이영민 권경민

출판등록 2000년 5월 6일 제406-2003-061호
주소 (우 10881) 경기도 파주시 회동길 201(문발동)
대표전화 031-955-2100 **팩스** 031-955-2151

아르테는 (주)북이십일의 문학 브랜드입니다.

ISBN 978-89-509-9745-8 04820
     978-89-509-7953-9 (세트)